Aras Ören
Berlin Savignyplatz

Aras Ören

Berlin Savignyplatz
Auf der Suche nach der Gegenwart V

Aus dem Türkischen von
Deniz Göktürk

ELEFANTEN PRESS BERLIN

*In Erinnerung an Günter Bruno Fuchs,
Robert Wolfgang Schnell, Oskar Wehling, Bernd Fahr,
Oskar Huth und alle Nachtschwärmer
vom Savignyplatz*

I.
Die Legende von Ali Itır

Prolog

Am Anfang aller Legenden steht bekanntlich eine geheimnisvolle Begebenheit, oder aber ein gewöhnliches Ereignis hüllt sich plötzlich in Geheimnis und gebiert die Legende. Auch die Legende, die Sie nun lesen werden, beginnt mit einer geheimnisvollen Begebenheit, doch ebensogut könnte man sie natürlich auch ein gewöhnliches Ereignis mit geheimnisvollem Anstrich nennen.

Alles hat seinen Ursprung in »Bitte nix Polizei«, einer Kriminalerzählung des Autors A.Ö.. Er, der sich später auf die »Suche nach der Gegenwart« begab und deren Geist zu erfassen sucht (richtiger würde man ihn wohl einen Narren nennen, denn er hält sich fern von allem weltlichen Glück und denkt an nichts anderes mehr als an seine Suche), interessierte sich plötzlich wieder für den Schluß jener Erzählung, so daß sich die Begebenheiten in unerwarteter Weise verwickelten und in eine Geschichte verwandelten, an die der Autor nie, nicht einmal in seinen kühnsten Träumen gedacht hatte. Sie wurde immer geheimnisvoller.

Die Legende beginnt mit einer Leiche. Doch lassen Sie sich dadurch nicht schon zu Beginn des Buches abschrecken, denn dies ist kein Kriminalroman, der die Leser in Entsetzen stürzt und ihnen Atem und Schlaf raubt. Nichtsdestotrotz beginnt es mit einer Leiche: *Achtung, Achtung! Hier spricht die Polizei! Am 26.12.1973 wurde die auf dem Phantombild abgebildete Person in den Kleidern der hier ausgestellten Puppe im Landwehrkanal tot aufgefunden. Die Person könnte Selbstmord begangen haben oder durch einen Unfall zu Tode gekommen sein, möglich ist aber auch, daß sie einem Verbrechen zum Opfer gefallen ist. Ihre Identität konnte trotz intensiver Nachforschungen nicht ermittelt werden. Daher bittet die Po-*

lizei um Ihre Mithilfe. Wer hat diese Person in diesen Kleidungsstücken zuletzt gesehen, und wo war das? Wer ist diese Person? Wer kann Auskunft geben über Bekannte oder Verwandte? Wer weiß sonst irgend etwas über diesen Vorfall? Sachdienliche Hinweise werden von allen Polizeidienststellen entgegengenommen. Ihre Angaben werden auf Wunsch vertraulich behandelt.

Alle Legenden leben im Herzen derer, die an sie glauben. Ich wünsche mir, daß auch diese Legende in der Phantasie meiner Leser zum Leben erwacht.

1

»Ich bin nicht er«, wiederholte er, »alle sehen in mir nur ihn, aber ich versichere dir, ich bin ganz bestimmt nicht er.«

Für ihn war die Bedeutung der geheimen, undankbaren Aufgabe, die auf sich zu nehmen er den Mut aufgebracht hatte, unzweifelhaft, doch war sein Verhalten dadurch nicht ruhiger, sondern eher hektisch geworden. Sein unvermitteltes leeres Lächeln, der Blick, der lange an Gegenständen im Zimmer hängenblieb, die Konzentration, mit der er irgendeine Einzelheit aus den Bildern seiner Vorstellung herauszugreifen und sich unauslöschlich ins Gedächtnis zu bannen schien, das nervöse Zusammenfahren und Achselzucken und das unaufhörliche Spiel mit der kleinen Gebetskette in der Hand waren nur Ausdruck dieser inneren Anspannung. Die Vorstellungen, die er sich vor Augen rief, schwemmten ihn zwischen Gegenwart und Vergangenheit hin und her, und offensichtlich empfand er diesen Wechsel als kränkende Störung.

»Wäre er ich, dann wäre die Sache niemals so schiefgegangen«, seufzte er. Er schwieg, wie um abzuschätzen, welche Wirkung seine Worte hatten, und beobachtete sein Gegenüber aufmerksam. Aus kaum merklichen Regungen des Gesichts oder aus einem plötzlichen Aufleuchten der Augen versuchte er, Hinweise auf dessen Gedanken abzulesen. Es dauerte nicht lange, da hatte er gefunden, wonach er suchte: Sein Gegenüber hörte ihm gar nicht zu.

Seine Stirn wurde heiß. Er stand auf und trat zum Fenster, das halb beschlagen und mit Tropfen bedeckt war, die im Licht von draußen glitzerten. Er hatte das Bedürfnis, den Kopf ans Fenster zu lehnen und dessen Kühle zu spüren, einen Moment lang an gar nichts zu denken. Unvermittelt drehte er sich um, kam zurück und setzte sich wieder auf den Ledersessel, auf dem er schon die ganze Zeit angespannt gesessen hatte, als ob er gleich gehen wolle. Er versuchte, der Unruhe Herr zu werden, die sich seiner bemächtigte. Er war unentschlossen, ob er mit seiner Erzählung fortfahren solle oder nicht. In fliegendem Wechsel rasten die Gedanken durch seinen Kopf, entfernten sich ebenso schnell wieder von ihm und verloren sich ins Ungewisse. Dann erfüllten unbezwingbare Bosheit, unerträglicher Groll, Haß und Auflehnung die Leere seiner Seele, so daß sein Selbst geradezu von einer Lähmung überfallen wurde.

»Egal, ob sie es glauben oder nicht, ich bin jedenfalls nicht er«, hörte man ihn noch einmal vor sich hin murmeln. Er hatte begriffen, daß all seine Gedanken ausschließlich darum kreisten, was die anderen über ihn denken sollten. Alle Urteile der anderen über sich selbst wollte er unter seiner Kontrolle halten.

Angesichts der bisherigen unglaublichen Erlebnisse und verworrenen Zufälle wertete Ali Itır es als glückliche Fügung, daß er mit noch immer ungebrochenem Glauben hier war, um seinem Gegenüber dies alles zu erzählen. Die vergangenen siebzehn Jahre hatten das Geschehene längst aus aller Gedächtnis gelöscht; die Einzelheiten, die einst, phantastisch angereichert, die verschiedenartigsten Gerüchte in Umlauf gesetzt hatten, waren lange vergessen. Doch obwohl das Geschehene nach so langer Zeit seine Bedeutung verloren hatte und keiner sich mehr daran erinnerte, hatte Ali Itır es aus Angst vor unerwarteten Verwicklungen bis heute nicht über sich gebracht, sein Geheimnis jemandem zu eröffnen und seine Beklemmung abzuschütteln.

»Stimmt, wer erinnert sich denn heute noch daran?«

Daß er seinen Gedankenfluß plötzlich an irgendeiner Stelle laut werden ließ, noch dazu als Frage, war ein Zeichen dafür, daß seine seelische Verfassung sich wandelte.

Mit einem Gedankenschluß, der von ihm nicht zu erwarten war, fuhr er fort: »Mein Name ist sogar in Büchern verewigt; zwar haben einige Leser das sicher für eine Erfindung des Autors gehalten, aber jeder hat sich wohl in seiner Vorstellung seinen eigenen Ali Itır zusammengereimt.« Er gab eine pauschale Geringschätzung für alles vor und versuchte, seinen Erlebnissen gegenüber gleichgültig zu erscheinen.

»Damals war ich in Kreuzberg in aller Munde. Die einen hatten Mitleid mit mir, andere nannten mich einen Betrüger, wieder andere erhoben mich zur geheimnisvollen Persönlichkeit und gaben meine Erlebnisse voll maßloser Übertreibungen als Legende wieder. In alledem steckt ein Körnchen Wahrheit, aber tatsächlich bin ich eine Person aus Gerüchten.«

Als Ali Itır dies sagte, nahm sein Gesicht den unschuldigen Ausdruck an, der bei allen, die ihn so sahen, das Gefühl erweckte, ihm unbedingt helfen zu müssen...

2

Soweit ich mich erinnere, waren es die letzten Tage des Jahres 1973. Der Winter war außergewöhnlich hart. Es schneite seit Tagen, und auf den Gehwegen hatte sich eine dicke Eisdecke festgesetzt. Sogar die großen Verkehrsadern der Stadt waren völlig verödet. Die Tage waren kurz und vergingen in silbrigem Dunst zwischen Hell und Dunkel, es wurde früh Abend. Ich hatte mich vor dem Gefühl der Einsamkeit, das mich damals überfallen hatte, hierher geflüchtet, in eine stille Melancholie, die mich in lyrische Gefilde trieb. In jenen Jahren war die »Paris Bar« noch ein ruhiges, bescheidenes Bistro, das nur von Stammkunden besucht wurde. An den

Wänden gab es pastellfarbene Fresken, die von Zigarettenrauch und vom Ruß der Heizung fast bis zur Unkenntlichkeit verfärbt waren. Die naiven Zeichnungen zeigten etwa einen Metro-Eingang im Belle-Epoque-Stil oder den Eiffelturm.

Die großen Fenster zur Kantstraße hin wurden überwuchert von üppigem Fensterblatt und Schlingpflanzen. Die Topfpalmen an der Seitenwand verstärkten den Eindruck, daß dies der falsche Ort zur falschen Zeit war. Trotzdem war die Zuflucht an diesen falschen Ort zur falschen Zeit für mich, wie für alle anderen Stammkunden, eine normale und gewohnte Handlung, über deren Grund ich nicht allzu viel nachdachte, die aber trotz ihrer Gewohntheit jedesmal neue Begeisterung und Erwartungen weckte. Man bewegte sich sowohl in der Phantasie als auch in der Wirklichkeit. Wenn man hier saß, spürte man, wie sich die Stadt unaufhaltsam entfernte, und so verharrte man außerhalb der Zeit, in der die Stadt lebte. Das, glaube ich, war die Ruhe, die man an diesem Ort suchte. Man gab sich, hier sitzend, dem Zauber dieser Ruhe hin.

Ich pflegte an einem der Tische vor den zugewucherten Fenstern zu sitzen und in den Tageszeitungen zu blättern. Es ging mir weniger um den Inhalt der aktuellen Meldungen, als um das Ritual, diese Meldungen durchzusehen. In jenen Tagen fühlte ich mich ausgestoßen aus dem Leben. Meine Geliebte hatte mich plötzlich grundlos verlassen. Ich erinnere mich nur, daß sie am Abend zuvor heftig über Langeweile klagte und meine Zärtlichkeiten zurückwies, sich nicht einmal dazu herabließ, mich mit ihren geschickten Händen und dem wendigen Spiel ihres geheimnisvollen Körpers zumindest vorläufig zu befriedigen, wie sie es sonst in solchen Fällen immer tat, sondern daß sie einen lustlosen Kuß auf meine Lippen drückte, sich umdrehte, einschlief und mich mit unerträglichen

Schmerzen in den Lenden und Funken der Wollust in meiner Phantasie mir selbst überließ. Stundenlang spürte ich ihre Wärme gleich neben mir und konnte nicht einschlafen. Ich kann jedoch nicht behaupten, daß ich diesem ungewohnten Verhalten ihrerseits große Bedeutung zugemessen hätte; nicht einmal das »Tschüß«, das sie am nächsten Morgen mit Lippenstift auf den Spiegel in dem zugleich als Küche benutzten Flur geschrieben hatte, befremdete mich. (Wenn ich das Verlassenwerden durch meine Geliebte in derart geschmacklosen Formulierungen beschreibe, so keineswegs, um unsere damalige Beziehung schlechtzumachen. Die Albernheit ist im Grunde nichts als ein Fluchtweg von uns Männern, die es manchmal nicht ertragen können, Niederlagen zuzugeben. Eine zweitklassige Bemühung um Überlegenheit!) Als ich erwachte, hatte sie sich schon längst aus dem Staub gemacht. Ich habe dann nie mehr von ihr gehört. Sie rief nicht an, um eine Erklärung abzugeben, und kam auch nicht mehr in die Kneipen, in die ich ging. Sie kam nicht einmal vorbei, um ihre persönlichen Sachen abzuholen. Ohne sich oder mich mit den in solchen Fällen üblichen unerfreulichen Aufrechnungen und langwierigen Diskussionen, mit wechselseitiger Sturheit oder verächtlichen, erniedrigenden Worten zu ermüden, war sie in aller Stille davongegangen. Dieser Abgang war mir damals wie ein Kranz erschienen, den sie vor unseren zwangsläufig vorhandenen gemeinsamen Erinnerungen achtungsvoll niedergelegt hatte. Doch jetzt, da die ganze Stadt sich unaufhaltsam von mir zu entfernen schien, stürzten mich der tagelange Schneefall, die über allem liegende Stille, der silbrige Dunst, die frostigen Lichter und die erdrückende Einsamkeit von einer melancholischen Stimmung in die andere. Zu allem Elend hatte mein Arbeitgeber mich anläßlich des jahreszeitlich bedingten Rückgangs an Bestellungen entlassen. Es war nicht meine Sache, mich in dunklen Morgenstunden in den Hoffnungslosigkeit atmenden Gängen der Arbeitsämter um eine Arbeit anzustellen und selbstgefälligen Beamten, die uns zu alledem noch unter die Nase reiben, sie täten das alles nur für unser Wohl, mein Leid zu klagen. Meine innere Ruhe war darauf gegründet, den Dingen ihren Lauf zu lassen.

Es war ein Nachmittag Anfang November, bedeckt, doch ohne Niederschlag und ohne Aussicht auf irgendeine Veränderung. Ich hatte mich wieder in die Paris Bar begeben und mich allein in einer Ecke niedergelassen. Als wäre außer mir kein Mensch anwesend, nahm ich nicht einmal Notiz von den vereinzelten, jeweils in ihrer eigenen Welt versunkenen Gestalten, die Kaffee tranken oder eine Kleinigkeit *à la minute* aßen, sich in geläufigen Adjektiven über das gräßliche Wetter ausließen, sofern sie jemanden zum Reden gefunden hatten, sich zwischendurch, als sei es ihnen plötzlich eingefallen, kurz aufrichteten und mit den Fingern schnipsten, um bei der Bar noch einen Calvados zu bestellen, und dann wieder in langes Schweigen verfielen. Ich wollte meine Einsamkeit und Langeweile in Poesie verwandeln. Ich dachte an falsche Edelsteine, an Trapezkünstler in hautengen Satinkostümen mit glitzernden Pailletten, an eine Prinzessin, die ihre Besitztümer verloren hat, an die Romantik der Bohème und glaubte an die Wunder meiner Phantasie. Denn beim Phantasieren durchflutete mich mit dem Gefühl der Realität (ach, diese unersättlichen Spiele der Einbildungskraft) gleichzeitig auch Freude: Ich reichte meiner geliebten, um ihre Besitztümer gebrachten Prinzessin den Arm und zog mit ihr an einem Sommermorgen in aller Frühe hinaus an dunstige mitteleuropäische Seen, über die Schwäne dahinglitten.

Ich kann mich nicht mehr genau entsinnen, wie lange ich mich an jenem Tag in solchen Phantasien erging. Aber es war bestimmt ein langer Ausflug voll Begeisterung und reicher Momente. Wie müde ich doch war. Der halbe Liter Pinard war längst geleert. Ich bestellte noch eine Karaffe Wein. In den fortschreitenden Nachtstunden, während sich das Lokal langsam entleerte, begann ich, die bereits veralteten Zeitungen durchzusehen. Da stieß ich auf jene seltsame Nachricht, die ich wohl erst sehr viel später, als mir die Gerüchte über ihn zu Ohr kamen, mit ihm in Zusammenhang gebracht habe. Obwohl inzwischen siebzehn Jahre vergangen sind, sind mir die Zeilen noch immer Wort für Wort ins Gedächtnis geschrieben.

Die kurze Meldung mit der Überschrift »Unbekannter tot im Landwehrkanal« lautete folgendermaßen:

Am 26.12.1973 wurde im Landwehrkanal ein Unbekannter tot aufgefunden. Die 1,65m große Person mit hellbrauner Gesichtsfarbe und dunklen Haaren, vermutlich ein Türke, konnte von der Polizei trotz intensiver Ermittlungen noch nicht identifiziert werden. Selbstmord oder ein Unfall sind nicht auszuschließen, die Polizei hält aber auch für möglich, daß der Unbekannte Opfer eines Verbrechens geworden ist. Die Leiche war bekleidet mit einem dunkelbraunen alten Mantel, einem blauen Hemd und dünnen Sommerschuhen. Die Bevölkerung wurde zur Mithilfe aufgerufen...

Ob neben der Meldung ein Paßbild abgedruckt war, mit halb geschlossenen Augenlidern, dem man sofort ansah, daß es im Leichenschauhaus aufgenommen und retuschiert worden war, oder ob ein solches Paßbild durch Assoziationen beim Lesen in meiner Vorstellung entstand, ich weiß es nicht mehr genau. Ich weiß nur, daß die leblose Gestalt auf dem Foto mir überhaupt nicht fremd vorkam. Mir war, als hätte ich mit ihm schon an verschiedenen Orten viel Zeit verbracht. Egal, ob es nun eine Aufnahme der Leiche oder ein Bild meiner Vorstellung war, nach dieser Zeitungsmeldung begleitete sein Gesicht mich ständig. Ich lebte also an den unmöglichsten Orten mit dem Unbekannten zusammen, wir gewöhnten uns aneinander, sein Verhalten befremdete mich nicht, obgleich es nicht zu mir paßte. Dann vergingen die Jahre, und ohne es zu bemerken, entfernten wir uns wieder voneinander; unsere Wege trennten sich. Als Unbekannter war er durch jene kurze Zeitungsmeldung aus einer anderen Welt in meine Gedanken getreten, hatte mittels seltsamer Zufälle und unglaublicher Gerüchte eine Weile mit mir gelebt und war dann mit der ihm eigenen unerklärlichen Plötzlichkeit wieder verschwunden. Bis mein Freund Dr. med. Anders mir eines Tages von ihm erzählte, weil er ihm unter seinen vielen Hunderten von Patienten als ungewöhnlicher Fall aufgefallen war. Der Bericht meines Freundes über das Leben seines Patienten Ali Itır bei einem gemeinsamen Abendessen, die Gerüchte, die ich früher über ihn gehört und gelesen hatte (ja, in jenen Jahren war er auch Gegenstand mancher Artikel, Erzählungen und Romane), mitsamt den Ergänzungen durch meine eigene Phantasie, kurz gesagt, alles mir Bekannte, unabhängig von seinem Wahrheitsgehalt, beschäftigt mich heute von neuem. Nach all diesen Jahren sitze ich wieder hier, in der »Paris Bar«, und finde Gefallen daran, an ihn zu denken.

Das Leben Ali Itırs, das in meiner Phantasie Gestalt angenommen hat, hat sich in eine Revue voller Überraschungen verwandelt, die ich mit Interesse und Spannung verfolge. Das Sonderbare daran ist, daß ich selbst in dieser Revue mitspiele und so zum Zuschauer meiner selbst geworden bin. Das hat eine beruhigend einschläfernde Wirkung auf mich. Alles wird ganz normal: Vergangenheit und Zukunft sind hier und jetzt und gleich, es gibt weder die alten bedrückenden Sorgen noch neue Hoffnungen. Einmal habe ich einen

Blick mit meinem Selbst auf der Bühne gewechselt und mit Staunen bemerkt, daß auch in seinen Augen keinerlei Hoffnung ist, denn es hat erreicht, was es gesucht hat.

Der altgediente Kellner Breslauer, der schon seit einiger Zeit neben mir steht, fragt mit höflicher Stimme: »Was wünschen Sie?« Daraufhin bestelle ich achtlos ein paar Sachen auf der Speisekarte, werde ihn aber nicht los. Er steht weiter neben mir. Ich blicke ihn verständnislos an, worauf er sich ehrerbietig zu mir herunterbeugt: »Wünschen Sie etwas zu trinken?« (Ja, ja, seit ich ihn kenne, pflegt er seine ergrauten Haare sorgfältig vom Nacken nach vorne zu kämmen, so daß sie seine Glatze völlig bedecken und auf den ersten Blick aussehen, als seien sie Haar für Haar angeklebt. Er arbeitete bereits in jenen alten Zeiten hier, als dies noch nicht ein so erlesenes Restaurant war wie heute, in das man geht, um zu sehen und gesehen zu werden, sondern ein ruhiges Bistro, und seine Frisur ist eine seiner unveränderlichen Eigenschaften.) Verlegen antworte ich: »Ach ja, natürlich.« Lustlos nehme ich die Karte noch einmal zur Hand und bestellte eine Flasche 87er Burgunder »Hautes Côtes de Nuit«, ohne zu überlegen, ob er zu den bestellten Speisen paßt. Ich hatte längst vergessen, was ich gerade eben zu essen bestellt hatte.

3

Dr. Anders hatte angedeutet, daß Ali Itırs Verhalten möglicherweise durch ein früheres Trauma bedingt sei. Ich dachte darüber nach, was für ein Trauma das wohl sein könnte. Da fiel mir gleich jene seltsame Szene ein, die ich in jenen Jahren erlebt hatte, als mir der Name Ali Itır erstenmals zu Ohren kam.

Ich war von der Oranienstraße in die Mariannenstraße eingebogen und auf den baumbestandenen Platz zugegangen. Gerade hatte ich den Platz überquert, war an der roten Backsteinkirche mit den zwei Türmen vorbeigegangen und an der Mauer angelangt, da stürmte plötzlich ein Haufen Männer aus der Kneipe an der Ecke. Sie waren hinter einem her, einem mittelgroßen Mann in einem alten braunen Mantel. Er sah aus wie ein Türke. Der Mann rannte in Angst davon, doch die Mauer schnitt ihm den Weg ab. Sie drängten ihn an die Mauer und umzingelten ihn, der Mann hatte keinen Fluchtweg mehr. Zwei aus der Menge näherten sich ihm mit geballten Fäusten. Ich stand wie gebannt und schaute zu. Sie machten ihrer Erregung mit Flüchen Luft und traten selbstsicher auf, waren aber trotzdem auf der Hut. Langsam näherten sie sich dem in die Enge getriebenen, mittelgroßen, einem Türken ähnelnden Mann. Der hatte sich zusammengeduckt und schaute sie mit ängstlich flehenden Augen an. Er war hilflos. Um sich zu verteidigen, war er nicht kräftig genug. Einer der Angreifer, ein langer Kerl, versetzte ihm den ersten Hieb mit der Faust mitten ins Gesicht, der andere trat ihn mit dem Fuß in die Leisten…

Dabei zuckte ein Schmerz auch durch meinen Rücken, von den Leisten bis ins Hirn, mein ganzer Körper schmerzte so, daß ich mich zusammenkauern mußte. Erstickte Stimmen waren zu hören. Dann fiel auf einmal ein heller Lichtschein vor meine Augen. Ich versuchte zu erkennen, woher er kam. In diesem Moment hörte ich, wie der Regisseur »Stop« sagte. Ich trat an einen der Mitarbeiter heran, der die Beleuchtungskabel aufrollte, und erkundigte mich, was sie dort machten. Er sah mich erstaunt an und sagte, um mich abzuschütteln: »Wir filmen.« Diese unbestimmte Antwort reizte meine Neugierde nur noch mehr. »Was für einen Film?« drang ich weiter auf ihn ein. »Was weiß ich, ich glaube, es geht um einen Türken«, warf er kurzangebunden hin und entfernte sich eilig. Aber diese Antwort befriedigte mich nicht, und ich konnte es mir nicht verkneifen, noch einen anderen zu fragen, der gerade die Szene für die nächsten Aufnahmen vorbereitete. »Ein Polizeifilm«, meinte der und ließ sich zu einer halbherzigen Erklärung herab: »Das ist die Lynchszene. Die lynchen diesen Türken da und werfen ihn dann in den Kanal, denn im Drehbuch steht, daß der Türke mit der Freundin von einem von denen geschlafen hat. Eine Art kollektive Rache also, die Schuldigen bleiben natürlich anonym. Der Türke ist illegal hier und daher nirgendwo gemeldet, trägt auch keinerlei Ausweis. Dort, wo er schwarz arbeitet, wurde sein Paß zur Sicherheit einbehalten. Der Landsmann, bei dem er wohnt, wird sich aus Angst auch nicht melden. Die aus dem Kanal gefischte Leiche kann also nicht identifiziert werden. Die ganze Geschichte bleibt anonym, so will es das Drehbuch. Ein wenig verworren alles. Capito?« »Capito«, erwiderte ich, hatte aber rein gar nichts verstanden...

Ich dachte an diesen Vorfall, der zwar mit Ali Itır zu tun hatte, von dem aber ungewiß war, inwieweit er der Wirklichkeit oder der Phantasie entsprang. Könnte das Trauma, von dem mein Freund, der Doktor, sprach, vielleicht darin begründet liegen?

Ich sah Fred zur Tür hereintreten. Er steuerte entschlossen auf die Bar zu, als würde er sich für niemanden im Raum interessieren. Michel, der an der Bar die bestellten Getränke bereitete, rief mit hoher Stimme »Servus«, doch Fred erwiderte seinen Gruß nur mit einem undeutlichen Brummen. Die Entschlossenheit, mit der er auf die Bar zuging, war verflogen, im Gegenteil, er wirkte jetzt unruhig, als frage er sich, was er hier solle. Er federte auf den Füßen, schwankte mal nach hinten, mal nach vorn und blinzelte gleichzeitig mit den Augen. Dann strich er sich mechanisch ein paar Mal mit der Hand über den Mund und übers Kinn, steckte die Hände in die Taschen, zog die Schultern zusammen, streckte die Brust heraus und begann, alle Tische einzeln zu mustern. Einen Moment lang tat er so, als wolle er sich zu mir setzen, aber dann blieb sein Blick an Otto Schily hängen, der ihm von einem der hinteren Tische zuwinkte, und er ging zu ihm.

4

Als Ali Itır am Morgen erwachte und sah, daß sein Zimmer von einem unbeschreiblichen, traumhaften Lichtschein erfüllt war, schüttelte er die Wirkung des nächtlichen Alptraums ab, deutete das ungewohnte Licht als gutes Zeichen und überwand so die Unentschlossenheit, in der er seit längerer Zeit geschwankt hatte.

Er fühlte sich halbwegs erleichtert, als er sich in dieser frühen Morgenstunde auf den Weg zur Praxis von Dr. Anders machte. Sein Kopf war immer noch voll mit tausenderlei widersprüchlichen Gedanken, aber diese gedanklichen Widersprüche ängstigten ihn nicht mehr und stürzten ihn nicht mehr in ausweglose Krisen. Er hatte es schon lange aufgegeben, sich wie früher in die Unruhe seiner Innenwelt zu flüchten und diesen Rückzug insgeheim zu genießen. Im Gegenteil, die schwierige Lage, in der er sich befand, hatte ihm unerwartete Kraft verliehen. Allen, die ihn nicht ernst nahmen, machte er im Geiste rundheraus Vorwürfe und versprach sich selbst, daß er ihnen ihre Verständnislosigkeit ohne jede Scheu mit den härtesten Worten vorhalten werde, wenn er ihnen eines Tages begegnete. Auch wenn er sein lebenslang gehütetes Geheimnis mit ins Grab nähme, so fürchtete er doch, es werde vor Gott ans Licht kommen, und wurde es nicht müde, sich selbst wieder und wieder zu versichern, daß er ein gläubiger Mensch sei, auch wenn er das in seinem bisherigen Leben nicht offen gezeigt hatte. Fast hatte es den Anschein, als wolle er eine zweite Person überzeugen, die drohte, seine innere Reinheit zu beschmutzen und ihn in Zweifel und Verderben zu stürzen. Diese »Gottesfurcht«, die von Tag zu Tag tiefere Wurzeln in ihm schlug und sich klar in seinem Bewußtsein festsetzte, ohne irgendeinem Zweifel Raum zu lassen, steigerte sein Selbstvertrauen. Er bemühte sich sehr, reumütig und tugendhaft zu sein, dafür hätte er alles andere aufgegeben und sein ganzes bisheriges Leben ausgelöscht. Vielleicht glaubte er nur aus diesem Grund von ganzem Herzen, daß er sein unbegreifliches Geheimnis wenigstens einem Menschen rechtzeitig mitteilen müsse, um bei einem plötzlichen Ableben gegen die Bestrafung im Jenseits gewappnet zu sein. Nein, er fürchtete sich nicht vor der Bestrafung durch Menschen. Deren Strafen verloren, egal wie schwer sie waren, im Lauf der Zeit an Bedeutung. Der Glaube war für ihn die beste Rettung, und was glauben betraf, so hatte Ali Itır einen besonderen Vorzug: Woran er einmal glaubte, daran glaubte er absolut. Er prüfte überhaupt nicht, ob es sich wirklich um einen nützlichen Glauben handelte, sondern befolgte seine Pflichten, ohne zu fragen, weil es eben so sein mußte. Nachdem er sich in seiner Jugend entschieden hatte, um jeden Preis »Dienst an sich selbst zu leisten«, hatte er sein ganzes Leben darauf ausgerichtet und sich von keiner Schwierigkeit, keinem Hindernis schrecken lassen. Er wollte unbedingt eine »Persönlichkeit« werden. Deutschland war für ihn ein stetiger Dienst. »Ich leiste diesen Dienst für mich selbst und für die Sachen, die ich kaufen werde«, dachte er.

»Gott sieht die Vorsätze in unserem Herzen«, ging es ihm durch den Sinn, und dabei wirkte er liebenswert verschämt. Einige Autofahrer, die ihn auf der Straße überholten, hupten lange, andere bremsten unvermittelt und hielten vor ihm an, andere zeigten ihm einen Vogel und verspotteten ihn. Ali Itır war ganz in sich versunken und kramte in den Tiefen seiner Erinnerung. Er bemerkte nichts.

Toll, einfach toll... Schau dir dieses schöne Wetter an, man könnte meinen, die kalten und bleiernen Tage Deutschlands seien verschwunden. In dieser Jahreszeit ist das kaum zu glauben. Gottes unergründliche Weisheit: Er läßt nicht nur Ali, sondern auch das Wetter froh und heiter werden...

Das alles geht ihm durch den Kopf. Es ist Ende Oktober. Die Blätter waren schon längst gelb geworden und zu Boden gefallen. Dennoch strahlte der Himmel tiefblau. Aber soviel Ali Itır auch in seinem Gedächtnis kramte, er fand einfach nicht, wonach er suchte. Die unmöglichsten Dinge fielen ihm ein: ein schmaler, langer Weg, an beiden Seiten von Pappeln gesäumt, die seltsam im Wind rascheln. Eine Pappel beugt sich zur anderen und flüstert ihr etwas zu, die andere schüttelt lachend das Haupt, beugt sich dann herab und tuschelt mit ihrer Nachbarin, bis das Geflüster nach und nach alle Pappeln ergreift, alle Pappeln rascheln im Wind: »Schaut euch den da an, schaut euch den da an!« Sie kichern und nicken sich zu. Ali Itır ist in den Anblick der Pappeln versunken, da fällt ihm plötzlich etwas ein, er sieht auf seine Uhr mit dem Plastikarmband. »Warte du hier bei den Pappeln auf mich«, sagt er zu der Uhr und läuft in die Fabrik zum Arbeiten. Bei der Akkordarbeit tritt Bundeskanzler Helmut Kohl zu ihm und sagt mit der ihm eigenen Behäbigkeit und sehr ernster Stimme: »Man sieht es Ihnen an, daß Sie bei der Arbeit so schnell wie eine Maschine werden können.« Was für eine Lobhudelei. Was denn noch alles... Doch Ali Itır konnte in seinem Gedächtnis einfach nicht finden, wonach er suchte.

Dr. Anders hatte gesagt, daß nichts, was einmal ins menschliche Gedächtnis geschrieben ist, je wieder gelöscht werde; allerdings könne es sich in einer Ecke verstecken, wo man es nicht immer finden könne, wenn man danach suche.

Wenn Manfred Kohlhaas ihm nicht dazu geraten hätte, dann wäre er von sich aus niemals auf die Idee gekommen, diesen Mann aufzusuchen. Als er zum ersten Mal hingegangen war, hatte der Arzt gleich gesagt: »Herr Kohlhaas ist ein alter Patient von mir. Ich gebe Ihnen einen Termin, weil er mich darum gebeten hat.«

Ali Itır erinnert sich: Beim ersten Besuch fragte er nach meinem Namen, Familiennamen, Größe und Gewicht, Geburtsdatum, Familienstand, früheren Krankheiten, er wollte alles Erdenkliche wissen, wann ich hierher gekommen bin und wo ich überall gearbeitet habe, kurz, er fragte mir ein Loch in den Bauch. Sogar, ob ich nachts unter Schlaflosigkeit leide, wollte er wissen. Als er zu Ende gefragt hatte, hob er den Kopf von seinen Notizen, sah mir ins Gesicht, dann fiel er mit der Tür ins Haus und verlangte, daß ich ihm erzähle, was mich bedrücke. Es verschlug mir das Wort, ich schwieg wie eine Wand. »Gut«, sagte er, stand auf und drückte mir die Hand: »Nächste Woche Donnerstag, morgens um acht Uhr erwarte ich Sie wieder.« Er begleitete mich zur Tür und bat mich noch, Manfred Kohlhaas zu grüßen.

»Oh, Manfred, wo kommst du denn her, wie siehst du aus, was ist mit dir geschehen? Schau dir dein Gesicht an, deine Augen, veilchenblau und völlig verquollen...«

Manfred Kohlhaas wischte sich mit dem Handrücken den Bierschaum von Bart und Schnurrbart. Er winkte ab und verzog das Gesicht. »Die Leber«, sagte er gleichgültig und wechselte das Thema: »Sag mal, Ali, siehst du unsere alte Nachbarin noch, die Frau Kutzer?«

Damals warst du ein schlanker Jüngling, Manfred, was waren das doch für schöne Tage... »Frau Kutzer?«

»Ihr Mann ging sonntagmorgens zum Skatspielen in die Kneipe. Nachmittags kam er dann betrunken nach Hause, grölte Seemannslieder, überquerte schwankend den Hof, schaffte es aber nicht mehr bis zum zweiten Stock und pißte auf die Treppe. Wenn es zufällig jemand sah, schimpfte Frau Kutzer wie ein Rohrspatz mit dem Kerl, um seine Schuld zu vertuschen...«

Manfred Kohlhaas unterbrach seine Erzählung, nahm noch einen riesigen Schluck von seinem Bier, verzog wieder das Gesicht und seufzte traurig, ohne meine Antwort abzuwarten: »Sie wird auch schon lange tot sein.« Er bestellte auch für mich ein Bier. In der dämmrigen, leicht nach Urin riechenden, verrauchten Kneipe, es war früh am Abend und noch nicht dunkel, schlürften wir gemeinsam unser Bier. Wir redeten über alles. Worüber? Über alles, was uns gerade einfiel, besonders die alten Tage und nach mehreren Bieren auch von den Frauen. Wir vertieften das Frauenthema, da fiel Manfred plötzlich etwas ein. Er holte einen kleingefalteten Zettel aus der Hosentasche: »Sieh mal her, ich will dir etwas zeigen.« Er sah mich verschmitzt an und ließ sich viel Zeit beim Auseinanderfalten, um die Spannung zu erhöhen. Die Figur, die mit Kugelschreiber auf den Zettel gezeichnet war, steht mir noch heute vor Augen:

6	1	8
7	5	3
2	9	4

Diese Figur kam mir überhaupt nicht fremd vor. Ich erinnerte mich, irgendwo schon einmal eine ähnliche gesehen zu haben.

Manfred erklärte laut lachend: »Das ist ein Zauber. Ein runzeliger, brauner alter Türke hat ihn mir gegeben. Er soll helfen, wenn Mann und Frau nicht ›ficki-ficki‹ machen können. In welche Richtung du die Ziffern zusammenzählst, horizontal, vertikal oder diagonal, es ergibt immer fünfzehn. Die Zahl fünfzehn hat etwas Magisches, also egal wie man ›ficki-ficki‹ macht, nebeneinander, übereinander oder schräg... es sind immer fünfzehn.«

Manfred Kohlhaas schien sich über seine eigenen Worte lustig zu machen, doch dann wurde er plötzlich ernst:

»Aber die Bedeutung dieser magischen Fünfzehn habe ich nicht ergründen können.«

Er packte mich am Arm: »Kennst du sie? Ist in eurem Koran oder sonst irgendwo von dieser Zahl die Rede?«

Was könnte das Geheimnis der Zahl Fünfzehn sein?

Ali Itır kämpfte die ganze Nacht im Traum mit dieser Frage. Die Zahlen in den Quadraten verbogen sich und verwandelten sich geradezu in lebendige Wesen. Die Sechs, die Eins, die Acht, die Sieben, die Neun, alle Zahlen stürmten wie Gespenster auf ihn ein, dann verschwanden sie wieder, nur die Fünfzehn blieb, aber das ist gar keine Zahl, das heißt, es ist eine Zahl und zugleich keine, ein seltsames, schreckliches Ding, das Ali Itır unablässig die Frage stellt: »Wer bin ich? Wer bin ich?« Gerade beginnt er zu verstehen, was da zu ihm spricht, da sieht er plötzlich: Auch die Fünfzehn ist jetzt kein seltsames, schreckliches Ding mehr, sondern einfach ein Nichts.

Die Verwandlung der Zahl in ein Nichts versetzte Ali Itır in Angst und Pein, so daß er schweißgebadet erwachte und aus dem Bett sprang. Aber worin hatte der Alptraum eigentlich bestanden? Nach dem Erwachen war es ihm unmöglich, das nachzuvollziehen. Es war auch völlig egal.

»Ich bin nicht er, ich bin nicht er!«
Immer wieder versteckte er sich hinter diesen Worten, die er im Geiste unaufhörlich wiederholte. Erst sehr viel später merkte er, daß er mitten auf der Fahrbahn ging, er erschrak und wich zur Seite auf den Bürgersteig.

Seine Gedanken hingen noch immer an derselben Stelle fest: Ich bin wirklich nicht er. Er ging weiter. Ein Radfahrer fuhr pfeifend an ihm vorbei und winkte einer Frau zu, die mit ihrem kleinen Kind an der Hand ein paar Schritte vor Ali Itır zur Bushaltestelle lief. Das Kind im roten Anorak erwiderte lachend den Gruß des pfeifenden Radfahrers. Die Mutter schüttelte das Kind und schimpfte mit ihm.

Ich bin nicht er, nicht er. Aber wer bin ich dann? Vielleicht bin ich eine Pappel. Warum nicht? Ja, ich bin eine Pappel. Der Schatten einer Pappel bin ich, der Geruch des Schattens, dessen Farbe, dessen Attribut, Subjekt und Name. Wie soll ich das Dr. Anders sagen? So, jetzt bin ich an der Bushaltestelle. Doch der Bus ist noch nicht zu sehen. Die wartenden Fahrgäste werden ungeduldig und zappelig, der eine schaut auf seine Uhr, ein andrer raucht seine Zigarette bis auf den Stummel, den er dann wütend zu Boden wirft, wieder ein andrer hat den Menschen an der Haltestelle den Rücken zugewandt und beobachtet aufmerksam die Politesse, die ein Stück weiter ein Strafmandat für ein falsch geparktes Auto schreibt. Vielleicht sollte ich mit der U-Bahn fahren? Es ist zwanzig vor acht. Ich muß schnell gehen auf dem Weg zur U-Bahn. Zu Dr. Anders... Ich bin nicht er... Ich bin eine Pappel... Nein, der Schatten einer Pappel... Nein, ich kann es nicht sagen.

Alles, was mein Freund Dr. med. Anders mir bei jenem Abendessen, als wir uns beim Plaudern unmerklich in dieses Thema verloren, oder was er mir bei späteren Treffen auf meine hartnäckigen Fragen hin widerwillig über seinen Patienten Ali Itır erzählte, verwandelte sich in meinem Kopf in eine Geschichte, in mein Ohr gedrungen durch die Stimme eines unbekannten Herrn.

5

Das Rätsel mit mehreren Unbekannten, das Ali Itır aufgibt, hat seinen Ursprung nach meiner Ansicht in einer interessanten Geschichte, die ihm angedichtet worden ist. Ich sage »angedichtet«, denn ob der Ali Itır aus der Geschichte tatsächlich existierte, ist nie mit Gewißheit festgestellt worden. Ja, diese Geschichte hat aus Ali Itır die Figur einer Legende gemacht. Sein mysteriöses Ende in dieser Geschichte ist zugleich der Anfang vieler anderer Geschichten, die man danach über ihn erzählen wird. Das Ende der Geschichte ist also eigentlich der Anfang. Die Geschichte beginnt an ihrem Endpunkt, aber dieser Beginn ist nichts anderes als die legendenhafte Wiedergabe unterschiedlicher, durch vielerlei voneinander unabhängige Deutungen und Sichtweisen angereicherter Geschichten, und sie entwickelt sich in der Phantasie jedes Lesers in eine neue Richtung.

Hat Ali Itır nun wirklich existiert oder nicht? Der Ali Itır, der in meiner Vorstellung entstand, war zwar für mich wirklich, aber ebenso wirklich waren die anderen Ali Itırs, die in der Vorstellung anderer entstanden. Der Ali Itır, von dem Dr. Anders mir erzählte, hatte seine eigene Realität. Auch die Annahme, daß es verschiedene Personen mit demselben Vornamen und Familiennamen gab, erklärt diesen Wirrwarr unterschiedlicher Realitäten nicht hinreichend. Denn alle teilen unveränderliche gemeinsame Eigenschaften, Ähnlichkeiten in Einzelheiten, die auf den ersten Blick unwichtig erscheinen mögen, aber doch nicht von der Hand zu weisen sind; einige besondere gleichbleibende Schicksalslinien. Gewißheit herrscht nur über die Existenz einer Person namens Ali Itır, deren wahre Identität unbekannt ist. Daß der Name »Ali Itır« dieser nicht wirklich existierenden oder einst existenten Person nur zugeschrieben sein könnte, ändert nichts an ihrer Realität. Ali Itır ist also eine existierende Person, die es nicht gibt, oder das Gegenteil davon: eine nichtexistente Person, die es dennoch gibt.

Im Grunde verlieren meine Gedankenvariationen und Phantasiespiele über Ali Itır bereits den Charakter des Spiels und beginnen sich in ein Trauma zu verwandeln, das mein künftiges Verhalten auf unbestimmte Weise beeinflussen wird.

Die »Paris Bar« macht in diesen Stunden wieder einmal ein gutes Geschäft. Obwohl alle Tische besetzt sind, kommt ständig neue Kundschaft herein. Die Kellner erklären, in der nächsten Zeit werde kein Tisch frei, aber die Neuankömmlinge verlangen dennoch mit Nachdruck, daß eine Ausnahme gemacht werde, ja sie erwarten, daß für sie, nur für sie allein ein Wunder geschehe. Die Kellner sind plötzlich zu Personen von Rang aufgestiegen, und einige Kunden biedern sich bei ihnen an. Erweist sich ihre Hoffnung als vergeblich, verbergen sie ihre Enttäuschung nicht und wenden sich unwillig zur Tür.

Mein Blick bleibt an dem kleinen, selbstgefälligen Mann von ausländischem Aussehen hängen, der gerade in einer Dreiergruppe das Lokal verläßt. Er trägt hochhackige Lackschuhe, um ein wenig größer zu wirken, sein schütteres Haar und der Douglas-Fairbanks-Schnurrbart sind offensichtlich gefärbt. Zwischen den zwei gut gebauten Frauen mit Modelkörpern gibt er eine etwas lächerliche Figur ab. Meine Blicke folgen ihnen; der majestätische Gang des kleinen Mannes ist unvergeßbar. Warum sollte nicht er Ali Itır sein? Daß diese Frage sich plötzlich in meine Gedanken bohrt, ist kein Streich meines müden Kopfes. Man könnte ihn für Ali Itır halten, auch ohne ihm ein abenteuerliches Leben zu erfinden, das ihn in die jetzige Situation gebracht hat und nun so komisch erscheinen läßt. An diesem Gedanken halte ich fest. Schon allein sein majestätischer Gang. Könnte ein Mensch nach vielen unglücklichen Erlebnissen nicht schließlich sein schlimmes Schicksal besiegt und die Identität einer Person seiner Sehnsucht angenommen haben? Was hält das Leben doch für Überraschungen bereit.

Nach seinem seltsamen Liebeserlebnis war Ali Itır sofort hinter Brigitte hergelaufen, hatte sich entschuldigen und ihr die vereinbarten zwanzig Mark geben wollen, sie jedoch nicht mehr einholen können. Als er über den Hof rannte, war sie bereits auf der Straße, und auf der Straße hinter ihr herzurennen traute er sich nicht. Er befürchtete, die Polizei werde innerhalb kürzester Zeit vor der Tür stehen, daher beschloß er, aus der Wohnung zu verschwinden. Auf der Straße fiel ihm auf, daß er ohne Mantel war. So schnell er konnte, lief er zurück in die Wohnung seines Vetters İbrahim Gündoğdu, zog den Mantel an und richtete das zerwühlte Bett. Beim Hinausgehen fiel sein Blick auf die am Boden liegenden nassen Socken. Er hob sie auf, wickelte sie in ein Stück Papier und steckte sie in die

Manteltasche. Dann zog er leise die Tür hinter sich zu und ging.

Ali Itır war in keiner beneidenswerten Lage. Obwohl er laut Einwohnermelderegister amtlich existierte, gab es ihn doch wieder nicht, weil er als Illegaler amtlich nicht existierte; nur im Vernehmungsprotokoll gab es ihn, falls Brigitte ihn bei der Polizei angezeigt hatte: als unbekannten Täter, von dem lediglich Größe, Haarfarbe und Kleidung aktenkundig waren.

Waren seine Schritte kurz oder die Straßen lang? Er wußte nicht, wie lange er eine Straße entlangging und wo die nächste begann. Er empfand unsägliche Reue, bei der kleinsten Berührung hätte er geweint. Wenn sich hinter ihm etwas regte, sah er sich ängstlich um und wartete darauf, daß die Polizisten, die in dunklen Ecken, in Hauseingängen oder hinter Bäumen auf ihn lauerten, hervorbrechen und ihn festnehmen würden. Wenn nach einer Weile noch immer keiner aufgetaucht war, ging er weiter und beschleunigte seine Schritte. Er war auf der Flucht. Eine Straße endete, eine andere begann. Als er in der Friesenstraße von weitem das beleuchtete Schild »Polizei« sah, machte er auf dem Absatz kehrt und ging in Richtung Chamissoplatz.

Es war kälter geworden, und das Schneetreiben wurde dichter. Wenn jetzt jemand zu ihm träte und fragte: »Ali, wie geht's?«, was würde er antworten? Er würde schamhaft erröten, über seine eigenen Füße stolpern, nicht nur sein Mund, sein ganzer Körper würde ins Stottern geraten. Vor aller Augen wurde seine Persönlichkeit mit Füßen getreten, aber was konnte er dagegen tun? An diesem üblen Ort namens Almanya.

Mit diesen Worten wird Ali Itır an einer Stelle der Erzählung »Bitte nix Polizei« beschrieben. Der kleine

Mann, der zwischen den beiden Models majestätisch zur Tür geschritten war, weil er keinen Platz gefunden hatte, konnte unmöglich der Ali Itır von damals sein. Der eigentliche Knoten in der Geschichte ist jedoch, daß jener Ali Itır nicht wieder auftauchte. Er blieb ein Geheimnis. Brigitte war zwar zur Polizei gegangen und hatte einen Mann angezeigt, auf den die Beschreibung paßte und der sie angeblich vergewaltigt hatte, doch dieser Mann war nirgends zu finden. Deshalb hatte niemand Brigitte die Vergewaltigungsgeschichte geglaubt. Der Autor der Erzählung deutete zwischen den Zeilen an, daß selbst die Polizisten an Brigittes Behauptungen zweifelten. Am Ende derselben Erzählung erkennt Brigitte in einer Phantompuppe von der Leiche aus dem Landwehrkanal ihren Vergewaltiger, aber da die Identität dieser Person ebenfalls unbekannt ist, bleibt der vermeintliche Täter ein nichtexistenter Unbekannter (in der Erzählung eine Leiche). Schließlich könnte Brigitte, um dem Vorfall, den ihr keiner abnahm, Glaubwürdigkeit zu verleihen, auch Zuflucht in einem kindischen Spiel gesucht haben, wie sie es auch sonst häufig tat: Sie könnte einfach eine nicht identifizierte Leiche als den unbekannten Täter ausgegeben haben, der sie vergewaltigt hatte.

Mir war klar, wie immer ich die Erzählung auch wendete, sie brachte keine überzeugenden Anhaltspunkte. Doch da sich Ali Itır nach so vielen Jahren nun einmal wieder in meinem Kopf eingenistet hatte, beschloß ich, es auf anderem Wege zu versuchen. Der Mann, in dem ich eben Ali Itır gesehen hatte, der jedoch mit der Figur aus der Erzählung keinerlei Ähnlichkeit hatte, war längst davongegangen, ungeniert hatte er die jungen Frauen zu seinen beiden Seiten umschlungen und war mit ihnen im Neonlicht der Kantstraße in Richtung Savignyplatz verschwunden.

6

Oh, mein Herr, welch eine Freude... Mein Herz liegt Ihnen zu Füßen. Ihnen gebührt mein Dank, ich fühle mich geehrt. Sie haben mein vergangenes Leben für wert befunden, es wie ein bedeutungsvolles Schauspiel klar vor meinen Augen vorüberziehen zu lassen, ich bin Ihnen ewig verpflichtet, bitte fahren Sie fort. Sie sind so überaus erfolgreich bei der Ausübung Ihres Berufes, das ist eine Gottesgabe, die nur ganz wenige außergewöhnliche Menschen besitzen. Kraft Ihrer wunderbaren Begabung haben Sie mich so unsäglich glücklich gemacht...

Ich konnte es mir einfach nicht verkneifen, sein seichtes, ungehobeltes Gerede in solchen übereifrigen, schwülstigen Höflichkeitsfloskeln zur Sprache zu bringen. Mit diesem Stil konnte ich ihn ins Lächerliche ziehen. Nein, ich würde mich nicht aufregen, das war ganz und gar unnötig. An die vulgären Auftritte von seinesgleichen überall und ständig in unserem Alltag mußte ich mich endlich gewöhnen. Sie waren jetzt in der Mehrheit. Diese Sprache bot mir zwar sicher keinen Schutz, aber vielleicht eine naive Art der Rache. Ein unschuldiger Spaß. Als ich damals im Fernsehen diesen Film sah, krampfte sich meine Seele zusammen, vor Nervosität mußte ich andauernd aufstehen und mich wieder hinsetzen. Anders vermochte ich auf die Vulgarität, die man da Millionen von Fernsehzuschauern vorführte und die sich eines Tages wie ein Strick um unseren Hals legen würde, nicht zu reagieren.

Ich hatte seit Tagen gewußt, daß dieser Film gezeigt werden sollte. In der Regenbogenpresse und in den Programmzeitschriften hatte man genügend Werbung für ihn gemacht. Schon beim Lesen dieser Ankündigungen hätte ich merken müssen, daß es kein guter Film sein konnte, doch ich war, wie sagt man noch, mit Blindheit geschlagen. Meine Neugier war geweckt und zerrte mich geradezu vor den Bildschirm. Ich muß gestehen, als der Beginn des Films näherrückte, war ich ziemlich aufgeregt. Ich drehte Runden in der Wohnung und krümmte mich vor Erwartung, die Minuten wollten einfach nicht vergehen. Schließlich fand ich eine Beschäftigung, um in dieser schlimmen Stunde die beklemmende Unruhe etwas zu überwinden: Ich schrubbte wie ein Wilder die Badewanne. Endlich tauchte der Moderator auf dem Bildschirm auf, um den Film anzukündigen. Während er sprach, schlug mein Herz unwillkürlich schneller.

»Die Gastarbeiter leben seit Jahren unter uns, sie teilen unsere Arbeitsplätze, Kaufhäuser, U-Bahnen und Busse, sie leisten ihren Beitrag zu unserem Wohlstand, aber wir, die Hausherren, wissen nichts von ihnen...«

Mit der Überzeugung, die Masse der deutschen Fernsehzuschauer missionieren zu müssen, fuhr der Moderator eifrig fort: »Wir haben vergessen, daß auch sie Menschen wie wir selbst sind. Unsere Gleichgültigkeit ihnen gegenüber ist auf Unkenntnis gegründet. Ja, sie kommen aus einer fremden Kultur. Ich bin sicher, durch diesen Film werden wir sie besser kennen- und verstehen lernen. Wir schätzen uns glücklich, Ihnen diesen Film als einen bescheidenen Beitrag zur Völkerverständigung vorstellen zu dürfen...«

Der Moderator hatte bei diesen Worten seiner Stimme mit Bedacht den rührseligen Ton eines Pastors bei der Sonntagspredigt verliehen. Seltsame Erwartungen überkamen mich. Die Bilder, die gleich auf der Mattscheibe zu sehen sein würden, mußten geheime Ansichten aus meinem Leben sein. Als wäre ein verborgenes Auge in die geheimsten Winkel meines Lebens vorgedrungen und würde das dort Gesehene oder vielmehr Ergatterte und lustvoll Entdeckte nun offen vor aller Augen ausbreiten. Nicht nur die Fernsehzuschauer würden mich dadurch kennen- und verstehen lernen, auch ich würde mir meiner Geheimnisse und der unsichtbaren Quellen meines Lebens bewußt werden. Mein Leben würde sich durch das Auge der Kamera in eine gemeinsam erlebte Befriedigung verwandeln, die verwirklichte gesellschaftliche Vereinigung mit dem Fremden. Die magische Verschmelzung zwischen ich und du eben, die den Menschen so unendlich glücklich macht. Diese optimistische Freude, der gesellschaftlichen Anonymität zu entfliehen, dieser ganze falsche Zauber.

Ich warte ungeduldig. Der Film beginnt. Die ersten Bilder strahlen eine schmierige Exotik aus, anbiedernd und klebrig. Der Hauptdarsteller führt mit großem Ernst seine Blödheit als Beweis der Andersartigkeit vor. Er bildet sich ein, im Besitz unerkannter und unerforschlicher Weisheit zu sein, während seine Naivität auf Mißtrauen und Verlogenheit gegenüber anderen beruht. Die Augenbrauen gerunzelt, das Gesicht mit dem Douglas-Fairbanks-Schnurrbart verzogen, ist er ständig mit fertigen Urteilen zur Hand. Verhalten, das ihm nicht paßt, verurteilt er mit der Pose des Heiligen, ein fleischgewordenes Denkmal der Sittlichkeit.

Aber bin ich das denn? Ich ärgere mich erst über mich selbst, weil ich mich mit ihm identifiziert habe; dann verfluche ich die Filmemacher, die uns diesen Kerl als Vision für alle vorsetzen. Mit dem Schauspieler unbekannten Namens, der die Rolle spielt, kann sich allenfalls die Rolle identifizieren, sage ich mir und beruhige mich. Dann flüchte ich mich in die Erniedrigung dieses hergelaufenen Schauspielers mit Worten, von denen ich glaube, daß sie in seiner Sprache nicht vorkommen. Ich habe Lust, ihn mit der Kultur, die in diesen Worten liegt, zu erdrücken. Ich verneine und vernichte damit seine Persönlichkeit. Auch die Macht jener ungereimten Bilder, die als Projektionen der Wirklichkeit daherkamen, glaubte ich durch den Gebrauch bestimmter kluger Worte vernichten zu können. Wenn ich auf diese Weise nein zu ihm sage, wenn ich nein sage zu der bildlichen Konkretisierung seiner bemitleidenswerten Lage, wenn ich nein zu der gesamten Geisteshaltung sage, die ihn propagiert, wären die beschlagnahmten Worte dann zu retten? Wäre mit den Worten auch ich zu retten?

Ich habe ihn erkannt. Der Mann, der eben hier in der »Paris Bar« war und hinausging, weil er keinen Platz fand, war der Hauptdarsteller jenes Films. Jahre sind vergangen, er ist älter geworden, hat an Gewicht zugelegt, seine Kleidung und sein Verhalten haben sich ziemlich verändert, trotzdem ist er noch leicht zu erkennen. Ich habe ihn erkannt, mir hat er nichts vormachen können.
   Ich habe damals den Film, dessen Dreharbeiten ich einst zufällig miterlebte, nicht bis zum Ende ertragen und wütend den Fernseher ausgeschaltet. Der triviale Schauspieler, der dort den Ali Itır spielte, ist mir heute wiederbegegnet. Daß er mir hier und heute über den Weg gelaufen ist, ist nichts anderes als Ironie des Schicksals. Wie sollte ich es sonst deuten?

7

Ali Itır saß im Wartezimmer und wartete darauf, aufgerufen zu werden. Er war fest entschlossen, Dr. Anders diesmal alles rückhaltlos zu erzählen. Auf dem Weg von der U-Bahn hierher hatte er genau abgewogen, was er sagen wollte. Alle gegensätzlichen Gedanken, die ihn von seinem Entschluß abzubringen drohten, die oppositionelle innere Stimme, die ein Loch in seine Seele fraß und ihn fortriß in einen Strudel der Unruhe, hatte er besiegt. Er glaubte, daß er eine nicht wiedergutzumachende Schuld auf sich laden würde, wenn er sein Geheimnis für sich behielt. In all den Jahren, in denen er dieses Geheimnis verschwiegen hatte, hatten ihn unbeschreibliche Schuldgefühle genügend niedergedrückt, und daher hatte er immer wieder versucht, seine Schuld durch weitere Vergehen zu vertuschen. Heute zwang ihn das Bewußtsein, das der Glaube ihm gab, zu einem Geständnis.

Während er über seine Schuld nachdachte, fühlte Ali Itır sich erleichtert. Ja, wenn er sie nun auch noch erzählen könnte, wäre er befreit von den Alpträumen.

Wenn ich noch einmal von vorne anfangen könnte, möchte ich nichts davon wiedererleben, dachte er. Jetzt, da ihm die abgerissenen Bilder seines Lebens vor Augen traten, schauderte er. Habe ich das alles erlebt? Gott bewahre! Welche Dummheit!

Sein vergangenes Leben, das er als »Dummheit« bewertete, erschien ihm jetzt wie ein dunkler Sumpf, in dem er trotz Zappeln immer tiefer versank; wie eine unendlich trostlose, leidvolle Zeit. Genau wie die Darstellungen von der Hölle, die er in der Kirche gesehen hatte. Die Erinnerung an die Kirche bedrückte ihn noch mehr. Er rief den Allmächtigen an und murmelte sämtliche Gebete und Gelübde, die er kannte.

Siehst du? Solange das Geheimnis in ihm verschlossen lag, war er ständig unglaublichen Sünden in den Schoß gefallen. Wenn der Teufel erst einmal in den Menschen eindringt, bringt er einen auch schnell um den Glauben, und eh du dich versiehst, ist aus dir ein Christ geworden. Vor Menschen kann man Geheimnisse haben, doch Gott ist allwissend, vor ihm kann man nichts verbergen.

Eine seiner einstigen Dummheiten, deren er sich jetzt besonders schämte, war folgende: Irgendwann hatte er sich entschlossen gehabt, sich jemandem anzuvertrauen. Aber wem? Er hatte zu niemandem Vertrauen. Er hatte Gutes über Pastor Huber gehört und sich in den Kopf gesetzt, zu ihm zu gehen. Pastor Huber war zu Recht berühmt unter den Ausländern. Jeder, der Sorgen hatte, lief zu ihm. Er war noch jung und wirkte auf den ersten Blick sympathisch. Er glich eher einem Studenten als einem Pastor. Beim Sprechen rückte er häufig die Brille mit dem Drahtgestell zurecht, die ihm von der Nase rutschte. Man sagte sogar, er könne auch etwas Türkisch. Ja, warum sollte nicht auch Ali Itır an Pastor Hubers Tür klopfen? Wo dieser doch jeder Menge illegal eingereister Türken half, die die unglaublichsten politischen Gründe für ihr Asylgesuch erfanden, und sich um deren Probleme kümmerte (und wie er sich um sie kümmerte, er opferte sich geradezu auf), da würde er ganz bestimmt auch Ali helfen.

In jenen Jahren gab es noch keine Ölkrise. Täglich strömten Hunderte von Menschen mit Berechtigungsschein von der Anwerbestelle oder auch illegal auf den unerhörtesten Wegen hierher. Es gab alle möglichen Typen: Der eine war darauf aus, hier eine deutsche Frau zu finden und zu heiraten; der andere wollte sich als Schwiegersohn bei einer türkischen Familie einnisten und als »Familienangehöriger einer Gastarbeiterfamilie« anerkannt werden; wieder andere suchten auf illegalem Wege, hier Fuß zu fassen. Plötzlich hieß es, für Asylanten gäbe es noch offene Türen, da war auf einmal jeder hinter politischem Asyl her. Welch ein Schwindel, welch erfindungsreiche Geschichten... Der Markt für Schwarzarbeit, wo alle möglichen Gauner ihr Spiel trieben, war sehr bewegt. Beide Seiten waren zufrieden, die Gebenden und die Nehmenden, was wollte man mehr.

Während Ali Itır im Wartezimmer darauf wartete, aufgerufen zu werden, lächelte er vor sich hin und war ganz versunken in die Bilder aus vergangenen Zeiten. Die Einzelheiten verdichteten sich, so daß die Distanz verschwand und das »Jetzt« jede Bedeutung verlor.

Mit Pastor Huber hatte er sich schnell angefreundet. Er besuchte ihn häufig in seinem Zimmer, das an ein Seitenschiff der roten Backsteinkirche grenzte, und trank Tee aus dem Samowar mit ihm. Seltsamerweise fragte ihn Pastor Huber nie nach seinem Geheimnis, und immer, wenn er von seinen Sorgen sprechen wollte, gab er ihm nur Ratschläge und Predigerworte. In passenden Momenten suchte er ihn mit religiösen Maximen von tieferer Bedeutung zu beruhigen. Damit hatte er zugegebenermaßen sogar Erfolg.

Eines Tages sagte der Pastor: »Öffne dich dem Heiligen Geist, flehe ihn an, wir alle sind Kinder des Heiligen Vaters, und wenn wir Zuflucht bei ihm suchen, dann versiegt unsere Geduld niemals.« Und dann führte er ihn in die Kirche. Drinnen war kein Mensch. Als sie im Mittelgang auf den Altar zugingen, verursachten ihre Schritte auf dem Steinboden ein dumpfes Echo. Die Feuchtigkeit nistete in allen Winkeln, der Geruch nach Weihrauch, modrigem Holz und Talg erfüllte den dämmrigen Raum und rief sonderbare Gefühle hervor. Auf dem dreiteiligen Altarbild war in der Mitte der sterbende Jesus in den Armen des Johannes dargestellt, auf der einen Seite die Madonna mit dem Jesuskind und auf der anderen Seite die Höllenqualen des gemeinen Judas, der einen Pakt mit dem Teufel geschlossen hatte. Ali war besonders von diesem Bild beeindruckt. Pastor Huber erklärte mit gedämpfter, eindrucksvoller Stimme die Darstellungen. Die Reue würde am Ende auch Ali zur Glückseligkeit führen.

Auf den Rat des Pastors kniete Ali sich widerstandslos und demütig vor den Altar. Eine unerklärliche Entrückung überwältigte ihn. Die Linien der Judasdarstellung gerieten in Bewegung und umschlangen ihn wie

Krakenarme, er wurde mit Haut und Haaren aufgesogen. Er war in einer ganz anderen Welt. In dem freien Raum zwischen den Bildern und ihm selbst war eine Tafel angerichtet, auf der verschiedene Speisen und Weinbecher standen. An der Tafel saßen einige Sünder, die den Zorn Gottes auf sich zogen. Sie stopften seine Gaben gierig in sich hinein, und statt ihm zu danken, du lieber Himmel, meuterten sie gegen ihn und veranstalteten ein ekelhaftes Zechgelage. Dabei bemerkten sie nicht das Feuer, das von schrecklichen fratzenhaften Geschöpfen mit Fledermausflügeln und Adlerklauen, offensichtlich den Höllenwärtern, unter dem Tisch entfacht wurde. Auch Ali Itır saß an der Tafel, doch er ahnte die Katastrophe, die über sie hereinzubrechen drohte. Er glaubte, wegen seines schlimmen Geheimnisses unter die Verdammten geraten zu sein, und es gäbe kein Entkommen mehr für ihn… Diese und ähnliche Halluzinationen hielten ihn gefangen.

Pastor Huber mußte seine Pein bemerkt haben. Er flüsterte ihm ins Ohr: »Ali, du mußt das Vaterunser sagen, so wie ich es dir beigebracht habe, sag es Wort für Wort, so weit, wie du kommst.«

Hatte Ali Itır in diesem Moment einen anderen Ausweg? In radebrechendem Deutsch sprach er das Gebet, das Pastor Huber ihm seit Tagen geduldig eingeprägt hatte. Um schneller fertig zu sein, übersprang er eilig einige Zeilen.

Pastor Huber steht ihm noch immer vor Augen: Bei dem pausenlosen Gemurmel von Ali Itır ist sein Gesicht friedlich wie das eines Heiligen und seine Seele ruhig wie die eines Menschen, dessen gute Taten im Augenblick des Todes schwerer wiegen als seine Sünden.

Das Vaterunser war Ali Itır später noch von großem Nutzen. An allen möglichen Orten kam es ihm zur Hilfe und rettete ihn aus verfahrenen Situationen. Als er arbeitslos war und ein Zimmer suchte, überzeugte er alte

Wirtinnen durch dieses Gebet davon, daß er ein zuverlässiger Ausländer war. Er brachte es fertig, in den exklusivsten Wohngegenden, bei den arrogantesten Familien als Mieter unterzukommen. Und wieviele Frauen hatte er durch eben jenes Gebet herumgekriegt? Mal hatte er sie mit albernen, erfundenen Geschichten zum Lachen gebracht, mal hatte das Schicksal ihm eine Ohrfeige verpaßt, aber wenn er in die Rolle des Gläubigen, Naiven, Hilflosen schlüpfte und ihr Mitleid erregte...

Einmal hatte er dem Teufel abgeschworen. Als Fazıl Usta an einer Magenblutung gestorben war und in der Şehitlik-Moschee am Columbiadamm bestattet wurde, war man gerade beim Bestattungsgebet, als ihm statt der betreffenden Sure aus dem Koran doch plötzlich die Worte des Vaterunser durch den Kopf schossen. Fast hätte er geweint. Der Teufel hatte also noch nicht von ihm abgelassen. Er biß die Zähne zusammen und blieb wie erstarrt stehen. Ob der Hodscha wohl etwas ahnte? Jedenfalls sah er streng zu ihm herüber.

Ali Itır war zutiefst erschüttert, als er sich im Wartezimmer von Dr. Anders an all das erinnerte. Er hatte eine Gänsehaut und spürte den Atem des Todes im Nacken. »Lieber Gott, vergib mir.«

Er wurde ungeduldig. Warum kam er nicht endlich an die Reihe? Er war pünktlich zu seinem Termin um acht Uhr erschienen.

Wenig später hörte er eine kratzige Stimme über den Lautsprecher seinen Namen rufen. Er schüttelte die Alpträume ab und ging selbstbewußt auf das Arztzimmer zu.

8

Ich habe gewußt, daß es so kommen würde, obwohl ich es nie gewollt habe. Umsonst versuche ich, mein Gedächtnis gegen die unliebsamen Bilder zu aktivieren, um unter ihnen das eine, trotz aller Variationen alles beherrschende zurückzudrängen. Unbeweglich steht es da, wie festgezurrt. Alle meine Bemühungen sind vergeblich. Das bestellte Essen ist noch immer nicht da. Am Tisch gegenüber wird zum zweiten Mal serviert. Der Maler Markus zündet genußvoll eine Zigarre an, nein, die überflüssigen Teller können abgetragen werden, er zeigt auf die leere Weinflasche im Kübel, natürlich, noch eine...

... du bist ein gesundes, anständiges Kind Anatoliens, aus einem über Generationen beständigen, ruhigen, ausgewogenen Leben hier in die Fremde versetzt. Geschlagen einerseits mit der Sehnsucht nach der Heimat, andererseits mit der Taubheit der Umwelt, versuchst du dir durch ehrbare Arbeit eine Zukunft zu sichern. Du bist unter Menschen, die eine unverständliche Sprache sprechen, mit anderem Glauben und anderen Sitten, aber das kümmert dich nicht, denn du bist so entschlossen, dein selbstgestecktes, hehres Ziel zu erreichen, daß kein Hindernis dich vom Weg abbringen kann...

Fühl doch diese Flasche mal an! Glühendheiß. Nimm sie zurück und bring eine kühlere. Markus, der Maler, setzt die hitzige Diskussion mit seinen Begleitern fort, die Anweisungen an den Kellner sind nur ein Einschiebsel, die Klammer ist längst wieder geschlossen, er hat nur noch Ohren für seine eigene Rede...

... die Tage vergehen.

Brigittes liebevolle Blicke hatten Ali verwirrt. Als er an jenem Tag in sein bescheidenes Zimmer kam, verlor er die Kontrolle und schluchzte los. Er war verliebt in die schöne Brigitte, die ihm in Bücürs Kneipe begegnet war, wo er jeden Abend nach der Arbeit hereinschaute. Seine Gefühle für sie waren ganz rein. Aber Verzweiflung überkam ihn, als er daran dachte, daß diese warme Empfindung niemals zu einem glücklichen Ende führen konnte. Schmerzlich begriff er nun den Fehler in seinem Fühlen und Denken. Es war vielleicht der schlimmste Zusammenbruch in seinem Leben. Er verzehrte sich vor Sehnsucht nach seiner Brigitte, aber sie konnten sich unmöglich gemeinsam in die Karawane der Brautleute einreihen, denn...

Es kann nicht Ali Itır sein. Unmöglich kann der Held so unsinniger Geschichten, die man in ähnlichen Worten in fast jeder türkischen Zeitung findet, Ali Itır sein. Auch die anderen sind es nicht. Daß wir bei solchen rührseligen Geschichten wider besseres Wissen immer wieder in Erregung verfallen, daß es uns manchmal sogar schüttelt; daß wir uns in Scheinwelten flüchten – ist das vielleicht eine Medizin, durch die wir uns Genesung von einer unheilbaren Krankheit versprechen?

Ich habe genug von dem einen festgezurrten Bild, das ich im stillen für mich immer wieder neu zusammensetze; nach so vielen Jahren muß ich fähig sein, es auszulöschen. Ich muß mich befreien von der einen, unveränderlichen Zeit jenes Bildes. Das Jetzt, die Zeit, in der ich lebe, von neuem erfassen. Das denke ich, ich versuche es, ich zwinge mich, aber ich schaffe es nicht. Das Bild: eine konstante = feste = unveränderliche Größe. All meine Bemühungen sind ein Modul = Koeffizient dieser Konstante. Im Geist baue ich es zusammen und zerstöre es wieder, dann versuche ich es wieder und wieder, aber die vollendete Vernunft besiegt es doch, das magische Quadrat!

Ist es ein Spiel?

Ungebrochen der Redefluß des Malers Markus am Tisch gegenüber. Er fuchtelt mit seinen beringten Händen in der Luft, tut einen Augenblick, als würde er nachdenken, und inhaliert tief den Rauch seiner Zigarre. Ich sehe ihm zu. Einmal sieht auch er kurz zu mir herüber und fragt nebenbei – wieder öffnet er eine Klammer – in die Tischrunde: »Ist das nicht Ali?« Vielleicht irre ich mich, ganz bestimmt irre ich mich, die Frage, die mir durch den Kopf geht, glaube ich aus seinem Mund zu hören, ich möchte ihm in aller Ruhe erklären, daß ich nicht »Ali« bin, das fühle ich durch und durch.

Es gibt keine bessere Gelegenheit, die Gegenwart zu erfassen. Wie schön wäre es, könnte ich mit allen hier in der »Paris Bar«, den alten Trotzkisten, den frischgebackenen Börsenmaklern, den 68er Veteranen, mit meiner geliebten, um ihre Besitztümer gebrachten Prinzessin, den reichen und den armen Bohèmiens und der an der Bar stehenden und an ihrem Champagner nippenden Ingrid Caven, könnte ich doch mit ihnen allen in der Gegenwart weilen. Könnte ich doch die unendliche Melancholie durchbrechen und in der gleichen Zeit leben wie sie! Ich schaffe es nicht! Ich werde das Gefühl nicht los, daß ich in meinem Leben von Anfang an alles falsch gemacht habe.

In den letzten Tagen war er völlig durchgedreht. Wer? Vor allem seit er angefangen hat, in der Fabrik zu arbeiten. Wer schon, Ayhan. Er kann die Lebensform der Fabrik einfach nicht akzeptieren, und daher läuft er immer wieder davon. Vielleicht kann er sich nicht eingewöhnen. Auf der Flucht versteckt er sich ständig hinter Slogans. Der Student Ayhan. Der Kollege und Schicksalsgefährte von Ali. Hat mir Ayhan von Ali erzählt? Oder war es Ali, der mir von Ayhan berichtete? Da legt sich wieder diese Stille, die Stille der Vergangenheit über die ganze Welt. Die Bedeutung der Welt und des Lebens ruht jetzt in dieser Stille. Ich suche nach neuen Stimmen in der Stille.

Als Ayhan sich nach der Mittagspause von Ali Itır trennte, um in die Montagewerkstatt im zweiten Stock zu gehen, durchbrach er die Stille und schrie inbrünstig: »Dreckige Kapitalisten, ausbeuterische Imperialisten, die unterdrückten Völker werden sich eines Tages rächen!« Der Student Ayhan. Der Fabrikarbeiter und Kollege Ali Itırs.

Das Schreien erleichterte ihn. Erwuchs diese Erleichterung daraus, daß er die Ursachen für seine Provinzlerkomplexe in einem Feind personifizieren konnte, den es nach seinem revolutionären Bewußtsein geben mußte, daß er diesen verantwortlich machen konnte? War es die Erleichterung darüber, daß die Ursache allen Übels verschwunden sein würde, wenn erst dieser Feind beseitigt wäre?

Wie oft hatte er sich danach gesehnt, über magische Kräfte zu verfügen. Sein Wissen herrschte despotisch über die in ihm bebenden Empfindungen... Sein Herz ließ es nicht zu, die unstimmigen Stellen zwischen diesem Wissen und seinem Leben zu benennen.

Das Fließband läuft an. Jetzt gibt es bis vier Uhr keine Ruhepause mehr. Als er mit der Montage am ersten vorüberziehenden Stück beginnt, brechen zwischen seinen zusammengebissenen Zähnen noch einmal voll Schmerz und Abscheu die Worte »dreckige Kapitalisten« hervor. Im stillen denkt er: Zumindest damit habe ich recht. Ich weiß, daß ich recht habe. Wir sind nicht nur wirtschaftlich unterentwickelt, wir sind in allem zurückgeblieben, auch in unserem Wissen und unserem Leben. Er fährt sich mit der Zungenspitze über den Schnurrbart.

Am Himmel waren Wolken in ständiger Bewegung, manchmal riß zwischen den Wolken ein tiefes Loch auf, und aus der Tiefe des Lochs schimmerte der Mond hervor. Bevor ich in die Kneipe ging, kaufte ich noch eine Zeitung am Bahnhof Zoo. Im Gehen warf ich einen Blick auf die Titelseite:
Fünfhunderttausendster Gastarbeiter verabschiedet
Eigenbericht/ISTANBUL – Necati G., der fünfhunderttausendste Türke, der als Arbeiter nach Deutschland reiste, wurde gestern am Istanbuler Yeşilköy Flughafen vom türkischen Arbeitsminister Ali Rıza Uzuner, vom deutschen Generalkonsul Dr. Adolf Sonnenhol und vom Vorsitzenden des Arbeitsamts der Bundesrepublik Josef Stingl feierlich verabschiedet. Josef Stingl schenkte dem türkischen Arbeiter Necati G., einem Krämer aus Giresun, einen tragbaren Fernseher. Der Arbeitsminister küßte den Arbeiter, der in einem Stahlwerk in Hessen arbeiten wird, auf beide Wangen und wünschte ihm eine gute Reise. Necati G., frisch verheiratet und Vater einer drei Monate alten Tochter, konnte vor Freude und Aufregung nicht sprechen und wurde ohnmächtig. Später hielt der Arbeitsminister Ali Rıza Uzuner eine Rede. Er sagte: »Ich hoffe, daß in den kommenden Jahren die Zahl der von uns geschickten Arbeiter sich verdoppeln wird.

Ich blickte auf das Datum der Zeitung: 22. Juli 1972.

Ich ging die Kantstraße entlang. Am Theater des Westens vorbei, an der »Paris Bar« (das matte Licht der roten Neonschrift über dem Eingang spiegelte sich auf dem Bürgersteig), bis zum Savignyplatz.

Nein, es muß noch ein früheres Datum gewesen sein. Etwa Mitte der sechziger Jahre...

9

Ja, genau, es war am 22. Dezember 1966, einem Donnerstag. In der Filmbühne am Steinplatz hatte ich um 17.45 Uhr Fellinis »Julia und die Geister« gesehen, mit Giulietta Masina, Mario Pisu und Sylva Koscina in den Hauptrollen. Ich sah den Film zum zweiten Mal, daher ließ ich mich von der Bilderwelt Fellinis nicht in Bann ziehen, sondern zog meine eigene Phantasiewelt vor. Erst dachte ich darüber nach, welche meiner Bekannten würdig wäre, meine »ewige Geliebte« zu werden, und welche List ich anwenden müßte, um sie zu gewinnen, darauf entwickelte ich Variationen von Strategien, wie ich meine möglichen Konkurrenten ausschalten würde. Der Saal war fast leer. Ab und zu konnte ich der Trägheit, die mich überfiel, nicht widerstehen, schloß die Augen und versank für einen Augenblick in süßen Schlaf, um gleich darauf wieder hochzufahren. Dann verschmolz in meiner Vorstellung das Bild, das gerade über die Leinwand flimmerte, mit der vorausgegangenen Szene, die ich verschlafen hatte, soweit ich mich mit einiger Gedächtnisanstrengung an sie erinnern konnte. Aber auch das dauerte nicht lange, irgendein Gedanke, ein Bild, eine Vorstellung, eine Halluzination oder Einbildung rissen mich wieder von der Leinwand fort in eine andere Welt.

Es waren öde Tage. Nicht einmal der Müßiggang machte Spaß. Weihnachten stand vor der Tür, und so hatten die meisten Studenten die Stadt bereits verlassen und waren zu ihren Familien in die Provinz gefahren. Die Cafés, in denen ich mich täglich herumtrieb, büßten ihre Anziehungskraft ein, wie in vielen Vierteln der Stadt, die von Alten und Arbeitern bewohnt wurden, schien jetzt auch hier alles wie mit Totenstaub überzogen. In den Ecken standen die immergleichen Weihnachtsbäume, behängt mit irgendwelchem niedlichen Plunder. Sie wirkten schon jetzt vertrocknet und vermittelten weniger den Eindruck eines warmen und glücklichen Heims als den tausendfach reproduzierter anonymer Geschmacklosigkeit. Zusammen mit den Kerzen, die an den leeren Tischen vor sich hin brannten, verstärkten sie die Melancholie, die in der Luft lag. Nur Ausländer wie ich, die nicht wußten wohin, oder ein paar anarchistische Studenten, die aus Gewohnheit nicht dasselbe taten wie alle anderen und beweisen wollten, daß Weihnachten ihnen egal war, hingen jetzt noch hier herum. Vielleicht war ihr Hierbleiben auch durch andere Gründe gerechtfertigt. Wie auch immer, auch sie waren jedenfalls in Melancholie versunken, ihre Blicke ruhiger und ihr Gesichtsausdruck unschuldiger, und das verbargen sie auch nicht. Sie gingen häufiger als sonst ins Café, dösten dort länger als sonst vor sich hin und tranken mehr Bier, als sie sonst in Kneipen zu trinken pflegten. Alle waren empfindsamer geworden und wie durch die gleiche Mission stärker miteinander verbunden.

Als ich herauskam, war das kleine Café am Kinoeingang schon längst geschlossen. An der Tür traf ich Franco. Er suchte jemanden zum Reden. Als er mich sah, lächelte er freudig. Ich wollte nicht mit ihm reden. Er fragte, was ich vorhabe. »Nichts«, sagte ich. Um ihn loszuwerden, fügte ich hinzu: »Ich hab zu tun.« Ich weiß nicht, was er dazu meinte, jedenfalls drängte er nicht weiter. Sonst heftete er sich einem immer gleich an die Fersen. Vielleicht hatte er auch verstanden. Ich ging hinaus. Es schneite unaufhörlich. Ich ging durch eine unendliche verschneite Landschaft. Die Kälte drang mir durch Mark und Bein, ich zitterte. Die Konturen der Gebäude waren im Schneegestöber kaum zu erkennen. Nur ein paar matte Lichtflecken mit diesigen Höfen drumherum hingen in der Luft.

Während ich in die Carmerstraße einbog, dachte ich an Elfi, mit der ich in jenen Tagen häufig ausging, an ihren bedeutungsvollen Mund, ihr seidiges Haar und ihren bewundernswert ebenmäßigen Körper. Ich wollte mich mit ihr in der »Dicken Wirtin« treffen. Als ich sie zuletzt gesehen hatte (es war vor zwei Tagen, sie war mit einem Fotografen verabredet und sagte: »Endlich werde ich es schaffen, ich habe Glück, du wirst sehen, ich werde ein Covergirl.« Ihr einziger Lebenssinn war damals, ein berühmtes Fotomodel zu werden, sie dachte an nichts anderes), da war sie nervös gewesen, hatte unzusammenhängendes Zeug geredet und unverhohlen ihre schlechte Laune gezeigt. Die erwartete »große Chance« mußte wieder einmal an ihr vorübergegangen sein. Auf alle meine Fragen zuckte sie nur mit den Schultern. Schweigend waren wir in der Kälte durch die verödeten Straßen gegangen, alle meine Vorschläge, uns irgendwo hineinzusetzen, lehnte sie ab. Vielleicht hatte die Enttäuschung sie zu einer ernsthaften Abrechnung mit sich selbst bewogen. Sie war für keinen Trost zugänglich. Ihr eigensinniges Verhalten und ihre Reizbarkeit waren nur Zeichen eines inneren Kampfes. Sie versuchte, ihren gebrochenen Stolz zu retten. Langsam war auch ich mißmutig geworden. Wir gingen nebeneinanderher, ohne zu reden, so daß ich mich ausgeschlossen fühlte. Schließlich sagte sie: »Ich rufe dich an«, stieg in ein völlig unerwartet vorbeikommendes Taxi und war weg. In diesem Moment war ich es, dessen Stolz verletzt war. Unbeschreiblicher Zorn staute sich in mir. Ich hatte gedacht, ich würde nicht leiden. Das war ein Irrtum. Zwei Tage lang verließ ich das Haus nicht und wartete auf eine Nachricht von ihr. Ich hatte den eigentlichen Grund für ihr Verhalten vergessen und war zu dem Schluß gekommen, daß sich ihre Gefühle mir gegenüber geändert hatten. Ich nahm an, daß sie mit Franco zusammen sei. Das genügte, um mich wahnsinnig zu machen. Ich dachte ernsthaft daran, sie zu finden und ihr ins Gesicht zu schreien, was für ein gewöhnliches, gefühlloses Stück sie sei, aber ich hatte den Mut nicht. Das war auch gut so. Heute hatte sie mich angerufen. Es freute mich weniger, daß sie sich meldete und mich treffen wollte, als daß sie mich vor meinen lächerlichen Einbildungen rettete.

Ich wußte, sie konnte noch nicht da sein. Die Begegnung mit Franco gerade eben war wahrscheinlich Zufall. Sie kam nie pünktlich zu einer Verabredung. Deshalb ließ ich mir Zeit, doch die Kälte war unerträglich. Unabsichtlich beschleunigte ich meine Schritte. Gut, daß ich Franco abgewimmelt hatte. Wie langweilig wäre es gewesen, die ganze Nacht mit ihm am selben Tisch zu verbringen und über seine faden Witze zu lachen, nur weil Elfi Spaß daran hätte.

In der Carmerstraße hatte ich ein seltsames Erlebnis: Vor mir lief ein schmaler, langer Mann mitten auf der Fahrbahn rückwärts, alle zwei Schritte beugte er sich vornüber und steckte ein kleines hölzernes Kreuz in den Schnee. Schneeflocken wehten mir ins Gesicht und verengten mein Sichtfeld. Nachdem ich ein Stück voran gekommen war, sah ich, daß die ganze Straße vom anderen Ende her schon mit den gleichen Kreuzen bestückt war. Als wir auf derselben Höhe angelangt waren, schaute er kurz auf und blickte mich an. Er war sehr jung, sein Gesicht und seine Hände blaugefroren, die Leere in seinen Augen war so abgrundtief, daß man zurückschreckte. Ich wartete vergeblich auf eine Erklärung von ihm. Die einzige Erklärung war ein unmerkliches kluges Aufglitzern in der tiefen Leere. Von diesem Blick abgesehen, ließ er sich nicht anmerken, daß er mich wahrgenommen hatte, sondern setzte seinen Weg mit einem Schubkarren, aus dem er die Kreuze nahm, fort. Um ehrlich zu sein, die in Reih und

Glied auf der Straße aufgestellten Holzkreuze hatten im Licht der Gaslaternen eine seltsame Wirkung. Dies war keine Glaubensdemonstration, zu den Feiertagen passend; es war schlicht ein »Happening« im Geist unserer Zeit und von religiösen Assoziationen weit entfernt. Die Zurschaustellung der Diskrepanz zwischen Sein und Nicht-Sein am Ende eines kalten, ruhigen Tages, da der Schnee unaufhörlich die ganze Stadt eindeckte und alle Formen verhüllte, erschütterte mich plötzlich tief. Ich sah ihm eine Weile nach. Ich glaube, ich war der erste, der seine Botschaft empfing. Ein wenig später bog zwar ein Auto in die Straße, aber als der Fahrer die Kreuze mitten auf der Straße erblickte (wer weiß, was er bei diesem Anblick dachte), setzte er zurück und fuhr davon. Dieses Ereignis habe ich später immer als Wendepunkt in der geheimen Geschichte meiner Individualität betrachtet. Ich war unter Menschen, die im selben Raum dieselbe Zeit teilten. Ich war einer von ihnen. Unsere Schwingungen waren gleich.

Als ich die Kneipe betrat, ging ich geradewegs auf den Ofen zu, um mich aufzuwärmen. Da stand ich plötzlich vor dem Gipsdenkmal der kürzlich verstorbenen Kneipenwirtin. Die Figur saß auf dem Stuhl, auf dem die alte Frau immer gesessen hatte. Studenten von der Akademie hatten die Figur vor einigen Tagen aufgestellt, um die Erinnerung an die Wirtin ihrer Stammkneipe am Leben zu erhalten. Auf ihren Stock gestützt, der Kopf auf die Brust gefallen, schien sie zusammengesunken unter einer lebenslangen, unendlichen Müdigkeit, als trüge sie eine schwere Last auf ihrem dikken Körper. Wie erwartet, war Elfi noch nicht da.

An der Bar war an diesem Abend Everet. Er hatte die halbvollen Gläser nebeneinander aufgestellt und füllte sie der Reihe nach. Ich biß mich an der unsinnigen Idee fest, auszurechnen, welchen Gewinn der Kerl durch die zweifingerhohe Schaumkrone auf jedem Glas machte.

Grob gerechnet, würde der Schaumanteil von je fünf Gläsern ein Extraglas ergeben. Wenn er am Tag durchschnittlich fünfhundert Gläser ausschenkte, dann waren das einhundert Extragläser, also ein Gewinn von hundert Mark für nichts. Gar nicht schlecht. Ich war damals völlig pleite, vielleicht machte es mir deshalb Spaß, mir solche mühelosen Verdienstmöglichkeiten vorzustellen.

Am runden Tisch in der Ecke saß Max. Früher hatte er hier ab und zu hereingeschaut, seit er Rentner war, verließ er das Lokal überhaupt nicht mehr. Neben ihm saß ein genauso alter versoffner Knacker (damals kam mir natürlich noch nicht in den Sinn, daß Alter relativ ist; Sechzig-, Fünfundsechzigjährige kamen mir wie uralte Personen vor, weit von mir entfernt). Sie waren in ein ernstes Gespräch vertieft, aber sie waren beide schon ziemlich fertig. Sie lallten nur noch.

Um mich nicht zu weit vom Ofen zu entfernen, setzte ich mich zu ihnen an den runden Tisch. Ich dachte über die geheimnisvollen Beziehungen zwischen Wirklichkeit und Phantasie nach, kam aber zu keinem befriedigenden Ergebnis. Ich rief zur Bar hinüber und bestellte mir ein Halbes.

Elfi mußte jeden Augenblick kommen. Seit ihrem Anruf am Morgen hatte ich den erdrückenden Pessimismus abgeschüttelt und erwartete sie mit Spannung. Ich weiß, hier werde ich nie mit ihr allein sein können, aber das macht nichts, Hauptsache sie kommt. Wir werden wieder Bier trinken, so viel wir können und so weit unser Geld reicht, wenn's sein muß, wird Elfi sich an ihre Bekannten heranmachen, damit sie ihr noch ein Halbes ausgeben, das wir uns dann teilen. Dann werden wir hinausgehen, durch den Park laufen, als wollten wir die verlorene Zeit wiedergewinnen, und an der Haltestelle gegenüber den letzten Bus mit Mühe und Not erreichen. Bevor wir uns in ihrem leeren, hohen Zimmer auf der Matraze auf den Holzdielen lieben, werden wir unbedingt noch eine Flasche billigen Wein trinken, uns leidenschaftlich anblicken und eine Zigarette nach der anderen drehen. Dann wird sie ihre Bluse um die Lampe wickeln, um das Licht zu dämpfen, und es auch nicht versäumen, eine Platte von Georges Brassens aufzulegen.

Pauvre Martin, pauvre misère / Creuse la terre, creuse le temps! Sie wird sich zu mir ins Bett legen und glücklich die Augen schließen, ich werde ihre Brüste umfangen, während meine Hand langsam nach unten gleitet, wird sie aufspringen, als wäre ihr plötzlich etwas eingefallen, wird in die Küche laufen und mit einer Kerze wiederkommen, die Kerze anzünden und die Lampe ausschalten... Solange sie das nicht alles der Reihe nach getan hat, können wir nicht anfangen, uns zu lieben. Dabei werden wir nicht von Liebe sprechen, aber viel von Sex und von noch nicht erprobten Praktiken. Sie wird sich darüber beklagen, daß die Antibabypille in Deutschland nicht zugelassen wird, und erzählen, daß Holland in dieser Hinsicht viel fortschrittlicher ist, daß dort selbst Abtreibungen kein Problem seien. Dann wird sie die um sich greifenden Eierstockentzündungen auf die Minirockmode zurückführen. Den nächsten Winter wolle sie nicht hier, sondern auf Mallorca verbringen, koste es, was es wolle, dort werde sie sich auf die Prüfung vorbereiten und nach ihrer Rückkehr bestimmt in eine Schauspielschule aufgenommen werden – das alles erzählt sie, als wolle sie nicht mich, sondern sich selbst davon überzeugen. Doch dann wird sie plötzlich aus heiterem Himmel vorschlagen, zusammen nach Indien zu trampen...

Ohne es zu wollen, lauschte ich dem Gespräch des alten Max mit seinem Tischgefährten.

10

Die Gespräche sind noch immer in meinem Ohr. Heute in der »Paris Bar«, während ich auf das bestellte Essen warte, verwundert es mich überhaupt nicht, daß die vor langer Zeit aufgeschnappten Gespräche so lebendig geblieben sind, denn: jene Gespräche lagen in der *Gegenwart*, die ich damals in all ihrer Unbeständigkeit erfaßte; damals war ich noch nicht in einer unabänderlichen *einzigen* Zeit gefangen. Entkomme ich dieser gleichbleibenden *einzigen Zeit* vielleicht, indem ich mich wenigstens an Gespräche von früher erinnere? Verbinden mich die alten Gespräche von neuem mit der *Gegenwart*, von der ich jahrelang ausgeschlossen gewesen bin?

Ali Itır habe ich vergessen. Ich verändere mich: *wenn es mitleid heißt / versteht man nicht mitleid; wenn es liebe heißt / versteht man nicht liebe; wenn es hochmut heißt / versteht man nicht hochmut; wenn es tugend heißt / versteht man nicht tugend; wenn es egoismus heißt / versteht man nicht egoismus; wenn es ehre heißt / versteht man nicht ehre; wenn es bosheit heißt / versteht man nicht bosheit; wenn es heuchler heißt / versteht man nicht heuchler; wenn es nachdenken heißt / versteht man nicht nachdenken; wenn es fremde heißt / versteht man nicht fremde;* mehr noch: *wenn es wolke heißt / versteht man nicht wolke; wenn es gedicht heißt / versteht man nicht gedicht;* die Wörter lösen sich aus ihren erstarrten, stereotypen Bedeutungen, ich gebe alle meine aus einem alten Herrengeschlecht tradierten Gepflogenheiten auf, die angeblich auf ruhmreichen Blättern der Geschichte in goldenen Lettern eingeschrieben sind (die Lügen werden unentwegt wiederholt), und gehe staunend, schutzlos und neugierig hinaus in einen Raum, in dem ich ein Fremder bin und dennoch nicht fremd. Mühelose wechsle ich aus Ali Itırs Zeit in eine andere Zeit.

»Wir leben im Untergrund. Hör zu, Max, unsere Jugend ist vorbei, wir sind jetzt alt.«
»Guck mal, wer da kommt!«
»Max, du hörst mir nicht zu; für uns ist alles vorbei...«
»Es sind noch immer genügend Hühnchen um uns herum, das ist alles, worauf es ankommt.«
»Versuch doch zu verstehen, Max, wir sind alt.«
»Hallo, Süße, komm, setz dich...«
Die da kam, war Elfi. Ich hatte sie gar nicht hereinkommen sehen, erst als sie vor mir stehenblieb, bemerkte ich sie. Sie hatte einen schwarzen Hut mit breiter Krempe aufgesetzt und einen auffälligen indischen Seidenschal umgebunden. Max bemühte sich, ihr Platz zu machen und seinen Freund ebenfalls zur Seite zu zerren. Eine Weile sah ich Elfi bewundernd an, dann mußte ich sie umarmen. In diesem Augenblick fiel mein Blick auf Franco, der hinter Elfi stand und grinste.
»Ich versteh dich nicht... Du hörst mir nicht zu, Max. Warum hörst du mir nicht zu?«
Max hatte die Augen immer noch auf Elfi geheftet, er bot ihr den freien Platz neben sich an.
»Natürlich höre ich zu. Die kennst du auch, mach dich nicht so breit, damit das Mädchen sich hinsetzen kann.«
»Wir sind doch Menschen, nicht wahr, Max?«
»Das Bier ist alle, laß uns neues bestellen.«
»Schon gut, bestellen wir. Wolfgang, bring uns Bier... Max, du bist doch mein Freund? Wir sind doch Menschen, oder nicht?«
»Langsam, du wirst noch den Tisch umwerfen.«
»Es ist dunkel überall, Max, aber wir sind nicht allein, nicht wahr? Gib mir deine Hand...«

Da ging plötzlich das Licht aus. Die ganze Kneipe war sofort erfüllt von Pfiffen und »Yippie«-Rufen. Einige stampften, andere hämmerten mit den Fäusten auf den Tisch, andere schlugen die Gläser gegeneinander; jeder verwandte all seine Kreativität, um ein seltsames Geräusch oder Krach zu erzeugen, einige trommelten sogar mit Messer und Gabel auf die Music Box. Doch plötzlich wurde das Konzert übertönt von einem durchdringenden Ruf: »Arschloch.« Daraufhin war eine schrille Mädchenstimme zu hören: »Nimm die Pfoten weg, du Schlappschwanz!« Gelächter brach los. Wolfgang schrie nach Charlie, der hinten bediente, er solle die Sicherung auswechseln. Jedenfalls gingen bald darauf die Lichter wieder an, und das Spektakel endete mit einem langen und begeisterten Applaus.

»Wir sind auch Menschen... Einsamkeit ist etwas Schlimmes. Du hörst mir nicht zu, Max!«

»Ich höre schon. Wolltest du nicht Bier bestellen?«

Obwohl ich ihn bewußt ignorierte, hatte Franco es mit seiner üblichen Unverfrorenheit geschafft, sich zwischen Elfi und mich zu setzen. Immer wenn ich mich zu Elfi hinüberbeugte, um mit ihr zu sprechen, lehnte er sich demonstrativ nach hinten und verzog das Gesicht, um zu zeigen, daß er sich gestört fühlte. Elfi schien nichts zu bemerken. Sie erzählte von ihren neuen Vorsätzen: Endlich war sie zur Vernunft gekommen, sie würde zur Abendschule gehen und das Abitur machen, danach würde sie Theaterwissenschaft studieren und Dramaturgin werden, natürlich wollte sie später auch Regie machen. Nein, die Zeit für politisches Theater war noch nicht vorbei. Die Zukunft würde das beweisen. Das verstaubte Theater, das nur durch Millionensubventionen vom Staat am Leben erhalten wurde, war nichts anderes als Opium für den Kleinbürger.

Von wem Elfi das wohl aufgeschnappt hatte?

»Hör mir zu, Max...«

»Los, bestell jetzt das Bier...«

Franco hielt es nicht mehr aus und rief: »Jetzt reicht's aber.«

Das war nun wirklich zuviel, diesmal würde ich ihn aber in seine Schranken verweisen. Er sah es wohl an meiner Haltung, denn er wandte sich schleimig zur anderen Seite und fuhr die Alten an: »Es reicht, Alter, müssen wir denn ständig dir zuhören... Du mit deinem Max...« Er ließ mich voll auflaufen.

»Die verstehen uns nicht, Max, diese verständnislosen Männer. Die sind jung, haben noch nie Schwierigkeiten gehabt, die wissen gar nicht, was Menschlichkeit ist...«

»Pssst, leise, du störst sie.«

»In Ordnung, Max, in Ordnung, reden wir leise. Lassen wir sie ungestört.«

»Sei ruhig, setz dich brav hin. So ist's gut... Du brauchst mich nicht zu küssen, ja, ja, ich bin dein Freund, los, bestell das Bier bei Wolfgang...«

Während Wolfgang unsere Bestellungen aufnahm, hatte er mit halbem Ohr das Gespräch mitgehört. »Wie viele«, fragte er nun die Alten.

»Zwei Halbe.«

»Wolfgang ist auch ein netter Junge, Max, aber er ist noch sehr jung, wir sind alt, er ist jung, aber ein netter Junge. Du bist doch ein netter Junge, nicht wahr, Wolfgang? Halt, bleib hier.«

»Laß mich doch das Bier holen.«

»Halt, geh nicht weg... Hol dir selber auch ein Bier.«

»Hörst du, er bestellt dir auch eins, Wolfgang, das macht drei Halbe.«

...

»Prost!«

»Prost!«

»Auf das Wohl von Max und Wolfgang... Wir sind doch alle Menschen, alle Menschen sind doch gleich, oder nicht? Max, es gibt doch keinen Unterschied zwischen uns, nicht wahr?«

Wolfgang hatte das Glas in einem Zug geleert. Er wartete ungeduldig darauf, kassieren zu können.

»Drei Bier, dreidreißig... Los, laßt mich nicht warten. Wer von euch zahlt?«

»Max, wird sind doch Freunde, zahl du doch diesmal...«

»Neee, du hast bestellt.«

»Aber Max!«

»Los, schnell... Dreidreißig...«

»Max, ich hab kein Geld mehr. Da, Wolfgang, das ist mein ganzes Geld...«

»Noch eine Mark und vierzig Pfennig...«

»Max, du bist doch mein Freund? Gib mir die Hand... Max, wohin gehst du? Geh nicht weg, Max... Halt, Max... Wolfgang, du bist auch ein netter Junge, bring allen ein Bier auf meine Rechnung... Max, wo bist du?... Max, gib mir die Hand...«

(Wolfgang packt den Betrunkenen am Kragen und befördert ihn hinaus. Max hat sich längst aus dem Staub gemacht.)

Daß die Gespräche, an die ich mich erinnere, auf einmal mit einer in Klammern gesetzten Anmerkung enden, weckt bei mir den Verdacht, all das könnte dem Text zu einem Theaterstück entstammen. Auch die Form der Gespräche läßt diese Vermutung zu. Die *Gegenwart*, von der ich glaubte, ich hätte sie in der Vergangenheit durchlebt, kenne ich sie vielleicht nur aus Büchern oder Theaterstücken? Oder war es die Erinnerung daran, wie Elfi ihre erstaunliche neue Liebe zur Dramaturgie verkündete, die mich annehmen ließ, ich hätte ein solches Gespräch gehört? Nein, ich bin ganz sicher, daß ich diese Nacht erlebt habe.

11

Immer dieses eine Bild. Ich bin ein unscheinbarer, zurückgezogener Mensch, fast scheint es, als sei ich vor lauter Angst in das Bild hineingekrochen. Was soll's, an den geheimnisvollen Wendungen des Lebens kann irgendein Bild, eine Schrift oder ein Wort das Zeichen sein. Wie verwirrend. Keine Tür bietet Zuflucht. Es gibt kein Entkommen. Als habe mir jemand gegen meinen Willen befohlen, in das Bild hineinzugehen, mich hineingestoßen, worauf ich den Kopf senkte und dort blieb; sagen wir, als Pappel, die sich im Wind wiegt, als ein Zweig der Pappel oder ein gelbes Blatt, das bald abfallen wird, blicke ich betrübt ins Objektiv. Dabei hätte ich eigentlich, so denke ich jetzt, mit einer einfachen Pose meine geheimen Wünsche erfüllen, wenigstens auf dem Foto endlich einmal als »Persönlichkeit« erscheinen können.

Das Thema, eine »Persönlichkeit« zu werden, beschäftigte mich unentwegt; diese unberechenbare Obsession bereitete mir schlaflose Nächte und endlose Tage, stürzte mich in Delirien, Halluzinationen, Krankheiten und stellte mir unglaubliche Fallen. Auf der Straße: Lastenträger, fliegende Händler, Nichtstuer, Soldaten: Menschenmassen; der Geruch nach Schweiß, Heizöl, fauligem Gemüse; ich bin in einem Randbezirk von Istanbul. Ich sehe jemanden vor einem Kiosk eine Limonade trinken, und schon stelle ich mir bei dieser Person Vorzüge und Möglichkeiten vor, die sie in Wirklichkeit gar nicht hat, und nehme ihren Platz ein. Dann stelle ich mich, also ihn, in ein anderes Bild: In jenen Jahren arbeitete ich ja auf dem Bau, und eh ich mich versehe, stehe ich also plötzlich mit der Schaufel in der Hand auf der Gangway zu einem Flugzeug, der Saum meines offenen Überziehers flattert im Wind, ich wende mich leicht zurück und winke heiter. Oder sagen wir, ich sehe in der Zeitung das Bild eines Mannes, der zu einer Menschenmenge spricht, und schon stehe ich an seiner Stelle. Wieder bin ich in einem Bild: Soviel Feinde ich auch habe, all diese unliebsamen Personen stehen mit naiver Achtung vor mir. Die Bilder, in denen ich bin, vermehren sich unentwegt: Mal bin ich ein berühmter Fußballer, ein reicher Torschützenkönig; mal bin ich der Geliebte einer schönen Filmdiva, die im Film ihrem jungen Liebhaber um jeden Preis und in allen Lebenslagen treu bleibt, ich lebe mit ihr in ihrem wirklichen Leben, das aber ebenfalls einer Filmszenerie gleicht. Ein anderes Mal setze ich mich mit einer Schaufensterpuppe im Brautkleid vor den Standesbeamten. Auf dessen Frage: »... nehmen Sie sie zur Frau?«, antworte ich aufgeblasen: »Ja.« Manchmal bin ich auch ein schrecklicher Mörder, der von der Polizei gesucht wird, und mache mich lustig über die Polizisten, die hinter mir her sind. Das macht mir großen Spaß. Manchmal haben sich mir selbst Feuilletonartikel beim Lesen in Bilder verwandelt oder auch irgendein belangloser Spruch oder eine Anekdote, die mir zu Ohren kamen.

... die taufrischen Jungfrauen, die dem Sultanshof aus verschiedenen Ländern zugeführt wurden, hatten an jenem Tag den Auftrag erhalten, den Sultan in seinen Privatgemächern zu waschen. Von der Haushofmeisterin wurden sie splitternackt entkleidet und in das Sultansbad geführt. Selim der Zweite war ein wenig betrunken. Außerdem trug die Hitze im Bad zur Entspannung seiner Nerven bei. Die mondgesichtigen Schönen wuschen den Sultan, säuberten und massierten ihn. Es war ein munteres Treiben. Das Gelächter und die Schreie der nackten Mädchen hallten in der Kuppel des Bades wider, während sie wendig in alle Ecken auseinanderstoben und sich dabei auf ihren hohen, mit Perlmutt besetzten Badeschuhen die

Füße verstauchten. Selim der Zweite rannte in großer Erregung mit zitterndem Bart hinter den Mädchen her, um sie zu fangen. Da überkam seine Majestät plötzlich starkes Herzklopfen und Zittern am ganzen Körper...[1]

Beim Lesen dieser Zeilen wurde meine Phantasie vor allem durch den Satz »Es war ein munteres Treiben« beflügelt. Ich stellte mir dieses Treiben in unsagbar obszönen Bildern vor. Ich zitterte also vor Wollust, mein Herz raste, und in einem Bild, das weit über das Gelesene hinausgeht, ist ein Fangspiel im Gange. Derjenige, der flieht, aber bin ich selbst, die nackten Mädchen jagen hinter mir her. Schließlich fangen sie mich, ich kann nicht mehr weglaufen, sie lassen mich vor einem Marmorbecken niederhocken und beginnen mit viel Liebreiz, mich zu waschen. Ich bin ganz ernst und gar nicht freundlich zu ihnen. Da sehe ich im Dampf verschwommen die Erwählte meines Herzens, meine Geliebte, kann sie aber nicht klar erkennen, ich will sie besitzen, auch sie scheint sich mir nähern zu wollen, aber zugleich entfernt sie sich stetig, ich vergesse die ganze Wascherei, scheuche die anderen Mädchen mit einer Handbewegung fort und gehe hinter ihr her. Wir kommen an einen Ort außerhalb des Bades, in einen Garten mit Wasserbecken und Springbrunnen, in diesem Garten finden wir unser Glück, ich umarme sie zärtlich... Wie staune ich aber, als ich sehe, wen ich da in den Armen halte! Es ist die Frau eines guten Bekannten! Du lieber Himmel! Doch es bleibt keine Zeit für Reue, denn plötzlich verwandelt sich die Schöne in meinen Armen in eine Plastikpuppe im Brautkleid...

Du siehst, was ein Foto, ein Wort, ein Text bei einem Menschen alles anrichten kann, und das waren noch

---

[1] Aus: Refik Ahmet Sevengil, »So vergnügte sich Istanbul«

die unschuldigsten Wirkungen... Ein Geständnis der Zunge stärkt das Herz.

Wäre ich Ali Itır, ich hätte im Sprechzimmer von Dr. Anders bestimmt so über mich selbst gesprochen.

12

Von jener Nacht, deren Gespräche mir in der Erinnerung wie aus einem Theaterstück vorkommen, sind mir sonst nur einige versatzstückhafte Bilder im Gedächtnis geblieben. Franco, Elfi und ich bestellten ein Bier nach dem anderen, kamen zu fortgeschrittener Stunde in Stimmung und verwickelten uns ganz von selbst in ein ungezwungenes Gespräch, an dem wir uns alle drei lebhaft beteiligten. Vergnügt phantasierten wir von unmöglichen Dingen. Zwischendurch hatte Franco es auf Elfi abgesehen. Seine Neckereien waren erst harmlos, wurden aber zunehmend kränkend: Der Pony stehe ihr überhaupt nicht, er sei so gewöhnlich und erinnere an Milchmädchen auf dem Lande, sie müsse unbedingt einen aparteren Haarschnitt tragen. Und ihre kitschigen Kleider seien nichts anderes als eine unentgeltliche Vorführung von billigem Kaufhausgeschmack.

Eines Tages werde sie noch sehr berühmt werden, darauf müsse sie sich schon jetzt vorbereiten. Als er dann dazu überging, die guten, nicht gewöhnlichen Eigenschaften von ihr aufzuzählen und ihre Schönheit zu loben, gefiel das auch mir. Elfi war sichtlich verwirrt, erst tat sie so, als sei es ihr egal, dann aber zeigte sie sich doch ziemlich beleidigt, um sich schließlich wieder geschmeichelt zu fühlen.

In diesen Stunden herrschte in der Kneipe noch ziemlich trübe Stimmung, nur wenige frühe Kunden saßen still und gedankenverloren da und tranken ihr

Bier in langsamen Zügen. In dieser Atmosphäre weckte Elfis leuchtendes Gesicht geheime Leidenschaften; sie verwandelte sich in eine Phantasiegestalt, unerreichbar und verlockend zugleich. Wir beteten sie beide an, diese Phantasiegestalt, die aus Francos Worten erwachsen war. Elfi war jetzt unser gemeinsames Ideal. Ich sah nicht ihr wirkliches Gesicht neben mir, sondern nur das leuchtende Phantasiebild. Ich redete diese Phantasie an, und die Hand, die ich hin und wieder berührte und deren Wärme ich spürte, gehörte auch zu diesem Ideal. Franco hörte gar nicht mehr auf zu erzählen. Elfi hatte ihre zunächst beleidigte Haltung aufgegeben, ihr Gesichtsausdruck war jetzt ernst. Sie schien sich vor ihrer Umgebung zu ekeln und blickte geringschätzig umher. Die Unschuld, die mich und viele andere Männer hinter ihr herlaufen ließ, ihre großzügig verschenkte Herzlichkeit waren schon lange verloren, vor Eitelkeit ließ sie niemand mehr an sich heran. Es war, als habe sie eine Maske ihres eigenen Gesichts aufgesetzt. Sie war berechnend und kalt.

Ganz unerwartet packte sie ihre Zigaretten und ihr Feuerzeug in die Tasche. »Los, laßt uns gehen«, sagte sie und machte nervöse Anstalten aufzustehen. Franco versuchte, sie aufzuhalten: »Ach, bitte, geh noch nicht. Gib deinen alten Armutskumpanen doch wenigstens noch ein Bier aus. Merkst du denn nicht, wie sehr du sie damit beglückst, daß du diese Vagabundenhöhle beehrt hast? *La grande Diva!*«

»Jetzt reicht es aber, Franco«, wies Elfi ihn zurecht.

Plötzlich verlor die Phantasie, die uns zu Gefangenen machte, ihre Sogkraft. Unwillkürlich klatschte ich in die Hände.

»Bravo, Franco, das hast du gut gesagt. Ohne ein Bier von ihr gehen wir nirgendwo hin und lassen sie auch nicht fort.«

Ich hatte eine geheime Gemeinschaft mit Franco gebildet und so die Lage gerettet. Als wir beide halb im Spaß auf sie einredeten, widersprach auch Elfi nicht mehr. »Übertreib es nicht, hör jetzt endlich auf mit diesem Unsinn«, sagte sie nur. Aber ihre alte Fröhlichkeit war dahin.

Franco war voll in Fahrt: Er ließ sich gerade über das Glück eines jungverheirateten Paares aus. Sie wohnten in einer guten Gegend in einem vollmöblierten Penthouse und hatten wirklich alles, nicht einmal eine amerikanische Bar und eine Music Box fehlten. Der Mann hatte einen angesehenen Beruf; ihr Bekanntenkreis war groß. Die neugeborene Tochter hatte ganz besondere Freude in dieses warme Nest gebracht. Sie besaßen einen nigelnagelneuen roten Ford Thunderbird, um den alle sie beneideten.

Der Vergangenheit plötzlich auf diese Weise wiederzubegegnen macht auch mich glücklich. Selbst daß mein Essen immer noch nicht da ist, nehme ich mit Gelassenheit. Jeder Gedanke bringt mir meine damalige Seelenlage zurück und löst eine neue Gedankenkette aus, die mir aber überhaupt nicht fremd erscheint. Sich die Wirklichkeit aus ihren eigenen Elementen, jedoch in neuen Zusammensetzungen vorzustellen, bietet große Befriedigung. Ich bin gerade dabei, Geschmack daran zu finden.

»Wieso trittst du so häufig in meinen Träumen auf?«

Als Franco mit verwandelter Stimme den jungen Ehemann mimte, der seine Frau umarmt, brach es wieder aus uns heraus. Und wie! Wir konnten uns nicht mehr halten. Vor lauter Lachen schlugen wir die Köpfe auf den Tisch, um den wir saßen, dann sahen wir uns gegenseitig an und lachten noch mehr. Franco fuhr mit seiner Erzählung fort:

»Die Frau beobachtete ihn aus den Augenwinkeln. Nein, er spottete nicht. Bisher hatte sie immer geglaubt, ihn zu verstehen, doch was er jetzt sagte, versetzte sie in Staunen. Als sie vorhin das Kind gewickelt hatte, hatte er sie plötzlich angeschrien, weil sie es angeblich nicht richtig machte. Weder ihre Liederlichkeit hatte er ausgelassen, noch ihr Spatzengehirn. Kurz darauf war die Wut verflogen, er ließ sich in einen Sessel fallen, schüttelte den Kopf und murmelte dabei vor sich hin. Er schien nicht recht zu wissen, was er tun sollte. Er stand auf und ging eine Weile im Zimmer auf und ab. Er suchte nach einem Vorwand, wieder ein Gespräch zu beginnen. Völlig grundlos prüfte er, ob Staub auf dem Heizkörper lag. Obwohl er nichts fand, pustete er angeberisch auf seine Finger und klatschte in die Hände.«

Franco war schon wieder voll in Fahrt. Als lese er vom Blatt, malte er mit seinen Worten plastische Bilder; seine ausgefeilte Mimik, seine Gesten und gutsitzenden Formulierungen ließen Zweifel aufkommen, daß er wirklich frei redete; stellenweise flocht er ausführliche psychologische Analysen ein, um seine Geschichte glaubwürdiger klingen zu lassen; jedenfalls schaffte er es, seine Zuhörer in Bann zu ziehen; er gab geradezu Literatur von sich:

»Solche Auseinandersetzungen, die hin und wieder wie Strohfeuer auflodertén und ebenso schnell wieder erloschen, stärkten nur ihre während zwei Ehejahren stets harmonische Gemeinschaft auf der Grundlage von gegenseitigem Verständnis und Zärtlichkeit. Der Streit kettete beide fester aneinander und belebte ihre Liebe. Beide waren sich dessen bewußt. Der Mann bereute es, grob zu seiner Frau gewesen zu sein. Er schämte sich so, daß er seine Frau anflehte, ihm zu vergeben. Kein Zweifel, er meinte es aufrichtig. Dabei wurde er zunehmend kindisch, und seine Worte endeten in unmerklichen Schluchzern, die er zu unterdrücken suchte. Schließlich gab die Frau auf und murrte vor sich hin: ›Es reicht jetzt, sonst bringst du mich auch noch zum Weinen.‹

Der Mann umarmte seine Frau liebevoll.
Er ging an die amerikanische Bar.
Er füllte zwei Gläser mit Eis und Whisky.
Er drückte auf den Knopf der Music Box.

›Deine neue Frisur steht dir ausgezeichnet‹, sagte er freundlich. Er setzte sich neben seine Frau und streichelte ihr Knie. Sie zierte sich: ›Laß das jetzt.‹ ›Hmm‹, erwiderte er, tat nachdenklich, konnte aber der Erregung, die ihn überkam, nicht Herr werden; er glühte vor Leidenschaft und bedeckte den nackten Hals und das Dekolleté seiner Frau mit Küssen. Sie stöhnte: ›Bitte, nicht.‹ Unwillig zog er die Hand zwischen ihren Beinen weg.

›Mein kleiner Liebling, ich habe eine Überraschung für dich‹, sagte er. Sie sah ihn von der Seite an.

›Auf unsere Liebe!‹

Sie stießen mit ihren Gläsern an...«

»Cut!« schrie Elfi mit erzwungenem Ernst. »Soviel Kitsch kann ich nicht ertragen.«

»Warte, wir sind gleich am Ende.« Franco steckte sich eine Zigarette zwischen die Lippen. »Keine Angst, es kommt nicht zum Happy-End, das ist ein Off-Film!«

Er versuchte mehrmals hintereinander, sein Feuerzeug zu entzünden, griff dann aber zu Streichhölzern auf dem Tisch und steckte seine Zigarette damit an. Er inhalierte ein paar tiefe Züge. Den Schalk in den Augen, schmückte er seine Geschichte mit weiteren Albereien aus.

»Der Mann hat auch eine Geliebte, mit der er sich heimlich trifft...«

»Häßlicher noch als seine Frau...«, fügte Elfi hinzu.

»Ja, genau, es ist gar keine atemberaubende Frau, ihre Brüste sind sooo groß...«

Franco hielt beide Hände vor seinen Körper, um anzudeuten, welch große Brüste die Frau hatte.

»Laß das, zieh die Sache nicht gleich ins Schlüpfrige... Eines Tages sagt der Mann, er müsse auf eine Dienstreise...«

»Und er verreist. An der Tür küßt er seine Frau noch zum Abschied.«

Franco und Elfi erzählten die Geschichte nun gemeinsam, so als erzählten sie von einem Film, den sie beide gesehen oder vielmehr gemeinsam gedreht hätten. Zuvor hatte ich Franco noch liebenswert gefunden. Jetzt war von diesem Gefühl nichts mehr übrig. Wie ein Schreckgespenst stand er zwischen Elfi und mir. Egal wie gerissen und schlagfertig er auch war, wie spaßig er sich gab und wieviele witzige Geschichten er auch erzählte, meine Zuneigung konnte er nun nicht mehr gewinnen. Derselbe Franco, dessen Erzählungen ich gerade noch neugierig und zustimmend gelauscht hatte, war jetzt in meinen Augen nichts weiter als ein alberner Possenreißer und Speichellecker. Seine vom Lachen erschlafften Gesichtszüge verbargen nicht seine Heuchelei. Er war eben ein heimatloser Vagabund. Das ausschweifende Leben, das er mal hier mal dort führte, hatte ihn schlau und dreist gemacht. Er war ein gemeiner Gefühlsmakler und hatte keinerlei Scheu, für seinen eigenen Vorteil die Gefühle derer auszubeuten, die ihm freundlich begegneten. Plötzlich erkannte ich voller Staunen sein wahres Gesicht.

Weder er noch Elfi hatten meine Gedanken bemerkt. Sie setzten das Spiel fort.

»Es vergehen einige Monate. Es ist ein harmonischer Abend. Mitten im Zimmer spielt auf dem Boden die kleine Tochter mit ihren Spielsachen. Der Mann spürt die nervöse Spannung seiner Frau und wartet auf eine günstige Gelegenheit, um nach der Ursache zu fragen. Im stillen ging ihm durch den Kopf: Seit einigen Tagen sieht sie wirklich erschöpft aus, wir sollten mal wieder zusammen in Urlaub fahren, ein Tapetenwechsel wird ihr sicher guttun, auch die Kleine braucht frische Luft, sie ist so blaß... Da klingelt das Telefon.«

»Hallo... Ich bin's... Erkennst du mich denn nicht? Wir haben ein paar so schöne Tage zusammen verbracht, aber ich bin dir ein bißchen böse, du hast mich schon so lange nicht mehr angerufen... Geh doch mal wieder auf Dienstreise... Ach, ich bin ja so glücklich... Stell dir vor, ich trage etwas von dir in mir. Schon damals, als wir zusammen verreisten, wußte ich, daß ich von dir schwanger würde... Ruf mich bitte an, ganz bestimmt, ja?«

Die Stimme am Telefon hatte Elfi gespielt. Franco beschrieb die Lage des Mannes:

»In seinen Ohren dröhnte es, die Gegenstände im Raum deformierten sich vor seinen Augen und schienen sich um ihn zu drehen. Plötzlich hörte er wie aus weiter Ferne seine Frau fragen: ›Hast du eine schlimme Nachricht erhalten?‹ Dabei stand seine Frau bereits neben ihm und hatte seine Verstörung bemerkt. Sie blickte mitleidig, als sei sie bereit, ihn zu trösten. Mit ihren zarten Fingern strich sie ihm liebevoll durchs Haar.«

»Beim Essen kam kein Wort über seine Lippen. Der Appetit war ihm vergangen. Seine Frau hatte den Tisch mit Liebe gedeckt, doch er stand lustlos auf und zündete sich eine Zigarette an...«

»Die Frau war ungeduldig. Sie wollte endlich mit ihm allein sein und ihm die freudige Nachricht mitteilen, die ihr schon länger auf der Zunge brannte. Sie hatte bis heute auf endgültigen Bescheid von ihrem Arzt gewartet, um ganz sicher zu sein. Nun wollte sie es ihm sagen... Ja, ihre kleine Tochter sollte endlich ein Geschwisterchen bekommen...«

Elfi und Franco hatten meine Anwesenheit bereits vergessen und waren völlig in ihr Gefasel vertieft. Ich

hatte große Lust, sie zu ermahnen, endlich mit dem Quatsch aufzuhören. Andernfalls... ja, andernfalls?... Was konnte ich tun? Allenfalls mich selbst lächerlich machen. Elfi war ganz hingerissen von diesem geschmacklosen Spiel, alle beide jagten in einem Strom von Fröhlichkeit hinter ihren Phantasien her und hatten nicht die geringste Absicht aufzuhören.
»Sollen wir hier einen *Cut* machen?«
»Aber wieso denn? Wo wir doch gerade an der spannendsten Stelle angelangt sind... Wir nähern uns dem großartigen Finale.«
»Wie soll es weitergehen?«
»Hmm, laß mich nachdenken. Wir werden schon einen Weg finden.«
Da kam Maria in Begleitung eines schwerfälligen Mannes herein, der ihr Vater hätte sein können. Sie hatte ihre Gitarre umarmt und drückte sie fest gegen die Brust. Obwohl sie mit Blicken den Raum durchkämmte, sah sie mich nicht. Der Mann voran, sie hinterher, gingen sie in den hinteren Teil.
Als ich den Kopf wieder zur Seite wandte, ertappte ich Franco dabei, wie er Elfi etwas ins Ohr flüsterte. Nachdem sie bemerkt hatten, daß ich ihnen zusah, hörten beide mit dem Geflüster auf und schüttelten den Kopf.
»Was würdest du zu diesem Finale sagen: Der Herbst ist fortgeschritten, die Nächte werden kälter und die Blätter schon langsam gelb... Der Mann wird fast am gleichen Tag zweimal Vater, einmal von seiner Frau und einmal von seiner Geliebten. Seine Frau bringt wieder ein Mädchen zur Welt, seine Geliebte einen Sohn...«
»Langweilig und viel zu klischeehaft... Wenigstens eine von beiden könnte abgetrieben haben, oder noch tragischer: Seine Frau könnte bei der Geburt gestorben sein...«

»Hu, hu, huuu...« Elfi gab vor zu heulen. »Ein richtiger Groschenroman für Putzfrauen«, sagte sie geringschätzig.

»Warte mal, ich glaube, ich hab's. Die Kinder werden geboren, das ist nicht so wichtig, es sind beides normale Geburten. Für den Mann ist es Freud und Leid zugleich. Dennoch muß man darüber nicht weiter nachdenken. Die eigentliche Bombe explodiert erst hinterher: Die Geliebte setzt den Mann unter Druck, damit er die Vaterschaft anerkennt, sie droht ihm sogar mit einem Skandal. Der Mann ist in einer Zwickmühle, versucht das Ganze auf die lange Bank zu schieben... Schließlich kommt die Sache vor Gericht. Der Mann versucht zu leugnen, daß er der Vater des Kindes ist, das ist der einzige Ausweg. Ein ärztliches Gutachten wird eingeholt, der Mann muß Bluttests und ähnliches über sich ergehen lassen, dabei kommt zutage, daß er von Geburt an keinerlei Zeugungskraft besitzt... Was sagst du zu diesem Finale?«

»Wunderbar!«

Ich erinnere mich, wie ich unwillkürlich aufschrie: »Seid still!« Beide waren verblüfft über meine Reaktion. Wenig später stand Franco auf. »Ich gehe«, sagte er, »es war sowieso meine letzte Nacht in Berlin, ich wollte mich von euch verabschieden. Hier stinkt's mir allmählich, ich gehe nach Frankreich und treibe mich eine Zeitlang dort herum.« Er umarmte mich freundschaftlich und sagte Lebwohl.

Elfi war ziemlich betrübt. »Ich wünsch dir ganz viel Glück, Franco«, sagte sie mit weinerlicher Stimme. Sie brachte Franco noch zur Tür. Vor der Tür blieben sie eine Weile stehen und sahen sich tief in die Augen. Franco beugte sich herunter und drückte ein Küßchen auf Elfis Lippen; dann ging er, ohne sich noch einmal umzudrehen, hinaus und verschwand in der sternlosen Dunkelheit der kalten Nacht.

13

Ehrlich gesagt, mich freute der plötzliche Abgang Francos aus der »Dicken Wirtin« und sein Verschwinden in der sternlosen Dunkelheit der kalten Nacht. Die Bedenken, daß ich seinetwegen Elfi nie ganz besitzen könnte, waren verflogen. Ich fühlte, wie mein Kummer leichter wurde. Nachdem sie Franco an der Tür verabschiedet hatte, kam Elfi zurück und setzte sich mir gegenüber. Ich lächelte sie stolz an, doch sie erwiderte mein Lächeln nicht. Sie war in Gedanken versunken. Meine Blicke ruhten auf ihr, ich verfolgte jede ihrer Bewegungen aufmerksam. Aus jeder ihrer Handlungen und aus den wenigen Worten, die ihr mühsam über die Lippen kamen, versuchte ich Beweise für ihr Interesse an mir herzuleiten; jeden beliebigen Augenaufschlag oder irgendeine Linie, die plötzlich an ihren Lippen sichtbar wurde, um gleich darauf wieder zu verschwinden, deutete ich als geheime und verschämte Botschaft an mich. Auf all meine Fragen antwortete sie kurzangebunden, sie hatte sichtlich keine große Lust zu reden. Ihre schweigsame Haltung machte sie noch geheimnisvoller; sie bezauberte und erregte mich. Für mich war Elfi jetzt mit all ihren Eigenschaften, einschließlich ihrer Schweigsamkeit, ein absolutes Ideal, eine unwirkliche Geliebte.

Sie war eine unwirkliche Geliebte, aber sie existierte. Sie gehörte niemandem anderen, ganz und gar mir allein.

Elfi streckt ihre schlanken Arme in die Luft und reckt sich genüßlich, wie um mich aufzureizen. Die Linien ihres ebenmäßigen Körpers treten deutlich unter ihren Kleidern hervor. Ich betrachte sie bewundernd.

Der Raum ist derselbe. Ein hohes, spärlich möbliertes Zimmer, das Matratzenlager mit der bunten Flickendecke, am Kopfende die Lampe auf einer Orangenkiste, ein paar Bücherstapel... Das Zimmer, in dem wir uns liebten. Ich weiß nicht, warum ich dieses Zimmer ständig vor Augen habe und im Ohr die Stimme von Georges Brassen: *Pauvre Martin, pauvre misère / Creuse la terre, creuse le temps!*

Dabei hatten wir auch andere Platten gehört und waren zusammen in anderen Räumen gewesen. Wir hatten uns an anderen Orten geliebt: So wie der wilde Strom den Damm überflutet, waren auch wir lustvoll über unsere eigenen Körper hinweggeflossen.

Einmal waren wir im Haus eines Freundes gewesen, es war ein heißer, stickiger Sommertag, kein Blatt regte sich, wir hatten in der Küche gesessen und geredet. (Oh Gott, was reden wir doch für hohles Zeug! Wieviele Worte schlüpfen an einem einzigen Tag aus unserem Mund! Alle zerfahren, unzusammenhängend von Anfang bis Ende. Wir reden unentwegt, weil wir die Zeit begreifen wollen oder weil wir innerhalb der Zeit existieren oder weil wir uns selbst beweisen wollen, wenn auch mit den überflüssigsten Worten: *Was willst du tun? / Nichts. / Ich sah, daß es nichts ist, da bin ich eben gegangen. / Recht hast du. / Bei diesen Schuhen gehen immer die Schnürsenkel auf. / Stell dir vor, du gehst gerade auf der Straße... / Ärgerlich. / Sag ich doch. / Natürlich, ich finde einfach keinen Ausweg... / Diese Monotonie ist nicht zu ertragen... / Plötzlich sah ich ihn vor mir... / Wen?*) Elfi war aufgestanden und nach nebenan gegangen, um zu telefonieren (schon wieder wollte sie mit irgendwem reden!); ich ging hinterher. Ich lehnte mich gegen die Tür und beobachtete, wie sie beim Telefonieren ihre Umgebung völlig vergaß. Erst als sie den Hörer auflegte und aus dem Sessel hochkam, in dem sie halb gelegen hatte, bemerkte sie mich.

»Du hast einfach keine Manieren! Hast du mein Gespräch belauscht?« schimpfte sie.

»So bin ich«, erwiderte ich.

Daß ich so abgebrüht sein konnte, hatte sie nicht gedacht. Sie verbarg ihre Verwunderung nicht, vermied aber eine unnötige Auseinandersetzung. Bevor sie in unerfreuliche Situationen verwickelt wurde, zog sie es immer vor, sich zu ergeben. Ganz unerwartet (wir standen uns gegenüber, ich sah sie spöttisch an) umarmte ich sie. Sie war wieder überrumpelt und konnte sich nicht wehren. Da sie keinen Widerstand leistete, mußte sie mir vergeben haben. Plötzlich begannen wir uns dort, im dem Zimmer, wo das Telefon stand, zu lieben. Mit schweißnaß aneinander klebenden Körpern rollten wir eine Weile auf dem Flokati am Boden hin und her. Die Schafswolle brannte auf den nackten Stellen unserer Haut und kratzte aufreizend. Wir schämten uns vor niemandem. Auch die anderen drinnen waren uns egal. Unser Keuchen und Elfis Schreie waren in der Küche bestimmt zu hören. Im Gegenteil, es peitschte uns noch mehr auf, daß die Lust, die wir füreinander empfanden, auch andere erreichte. Wir hatten alles vergessen, alle Tabus abgelegt, wir waren völlig außer uns. Die im Liebesspiel verborgene Lust, andere eifersüchtig zu machen, genossen wir in diesem Moment jeder für sich. Elfi lag auf dem Rücken, hatte die Augen geschlossen, den Kopf zurückgebogen und sich mit beiden weggestreckten Händen in die Flokatihaare verkrallt. Sie war nicht hier mit mir, sondern an einem anderen Ort in weiter Ferne. Ihre heftig bebenden Brüste, ihr straffer Bauch, ihre Schultern, die ich streichelte, ihre riechende, feuchte, geschwollene Vagina, zu der ich mich hinabbeugte, um sie lange zu küssen und sie mit der Zunge zu stimulieren, ihre Lippen, all das war gar nicht hier. In diesem Moment bemerkte ich meine unerträgliche Eifersucht. Elfi sah mich nicht. Sie hatte die Augen geschlossen und stellte sich andere Männer an meiner Stelle vor. Dieser Gedanke fuhr wie ein Messer in meinen Kopf und legte sich allmählich über mein ganzes Ich wie eine dunkle Wolke oder eine dicke, schwere Flüssigkeit.

Mir war, als schwämme ich in einem Alptraum. Wahrscheinlich hatte ich einen Krampfanfall. Mein ganzer Körper zitterte. Ich begann, sie heftig zu schütteln. Sie kam langsam zu sich, öffnete die Augen und betrachtete mich mit ohnmächtigen Blicken. Ich wußte nicht mehr, was ich tun sollte, ich wollte mich zu ihr beugen und sie küssen, aber sie drückte nur zwei Finger auf meinen Mund und begnügte sich damit, mir lächelnd einen stilles Küßchen zu schicken. Obwohl wir uns von Angesicht zu Angesicht anblickten, sah sie mich auch jetzt nicht. Dieses Gefühl wurde ich einfach nicht los. Vielleicht kam es mir auch nur so vor. Die Wirklichkeit hatte mich in der Phantasie wieder einmal überholt und mich in endlosen Schmerzen auf halbem Wege stehenlassen. Aber ich wollte es ja selbst so.

Ich versuchte, Elfis entnervende Perversion mit gleicher Münze heimzuzahlen. Sie zierte sich nicht lange; die prinzipienzersetzende Kraft der Erotik war stärker. Wenig später waren unsere Körper wieder ineinander verknotet. Diesmal leitete sie mich nach ihren Wünschen und probierte unerschrocken die verrücktesten Liebespiele, die ihr einfielen. Ich dagegen hatte ihr nichts zu geben. Meinem Schmerz entsprechend, hatte ich mich völlig Elfis Reizen überlassen, aber ich war weit weg von ihr und dachte an alle möglichen anderen Sachen. Seltsame Bewegungen, seltsame Gesichter, Töne, Formen, Schriftzüge (ach, es sind alles geschwungene Chiffren, die den Menschen zum Beben bringen) tanzten vor meinen Augen in einer dröhnenden Leere und ergriffen mich zutiefst.

Der Zeigefinger einer herrenlosen Hand deutete auf das Auge in einem Gesicht ohne Umrisse, und gleich darauf hörte ich ein »Pssst!«, ohne zu wissen, aus welchem Mund es kam. Die Töne vermehrten und vermischten sich. Dann lösten sich die Chiffren von Tönen, Buchstaben und Formen auf und hinterließen bei mir halluzinative Spuren. Die Töne verwandelten sich in eine unhörbare Weise der Hicaz-Tonart (vielleicht von Şevki Bey), die Formen in die Entsprechung der unsichtbaren, geheimen Zahl 50, den Buchstaben »nûn«; der wiederum verwandelte sich in eine heilige Schrift, die metaphorisch verhüllte Kommentare enthielt:

»Beim Schreibrohr und bei dem, was man damit niederschreibt. Du bist dank der Gnade deines Herrn nicht besessen, Mohammed.« (Koran, Sure 68)

Dann verfiel ich in Angst und Spannung, in ein grenzenloses Gefühl des Nichts. In diesem Nichts verwandelte ich mich in jemanden, dessen Gesicht nicht das meine war. Darauf erinnerte ich mich wieder an Elfi, die in meinen Armen lag und beim Liebesspiel die Augen schloß. Die Erinnerung an sie lastete auf mir wie ein selbstauferlegter Zwang. Ich versuchte, mir die Personen vorzustellen, von denen Elfi mit geschlossenen Augen phantasierte. Wer konnte es sein, von dem sie derart entrückt träumte?

Es konnte jeder sein außer mir, dachte ich. Einer, der nie zufrieden ist mit seinem Leben und ständig lamentiert: *verlogen, schmeichlerisch / schlau / dreist / liebenswert / gerissen / ausschweifend / unterhaltsam, witzig / mit unendlicher Phantasie begabt / bezaubernd und bei allen Bewunderung erweckend / originell, marginal / ein Genie...* All das waren Eigenschaften, die ich ihm, also Franco, zuschrieb... Eine schwere Beschuldigung und zugleich eine Verleumdung.

»Nein, ich bin nicht ER«, schrie ich. Erstaunlich! Das sind Ali Itırs Worte, seine Stimme.

Elfi hörte mich nicht schreien. Ich richtete mich mühsam auf und sah ihr ins Gesicht. Sie hatte wieder diesen ohnmächtig leidenschaftlichen Gesichtsausdruck mit geschlossenen Augen und sah ausgesprochen glücklich aus.

Aber es war nicht Elfi, die ich da sah, sondern eine Phantasiegestalt. Ich erinnere mich mit Entsetzen: Sie zerfiel in meiner Phantasie in viele andere: Sie war ein Mädchen mit schmalen Hüften und knochigen Beinen und dennoch ungeheuer anziehend; sie war eine Prinzessin, die ihre Besitztümer verloren hat; sie war eine Trapezkünstlerin im Satinanzug mit falschen Diamanten und glitzernden Pailletten; sie war eine Frau aus einem Film von Fellini; sie war Maria mit ihrem feinen, traurigen Gesicht; sie war das blonde Pin-up-Girl vom Kalenderdeckel; sie war immer eine andere, eine Fremde, aber nicht sie selbst. So rächte ich mich an Elfi, so beruhigte ich mich und reinigte mich von schlechten Gedanken. Ich weiß, daran ist nichts zu verteidigen.

Es hatte mich gefreut, als Franco zur Tür hinausging. Es war mir überhaupt nicht in den Sinn gekommen, daß ich Elfi nach seinem Gehen erst recht verlieren könnte. Jetzt begriff ich allmählich die schmerzliche Wahrheit. In unserer Beziehung war er ein magisches Element, das uns einander näher brachte, uns verband und Erregungen erzeugte. Deshalb schweigen Elfi und ich uns jetzt an. Der Zauber war gebrochen.

14

Eine Hand berührte meine Schulter, eine gütige Stimme redete beruhigend auf mich ein. Elfi hatte sich unbemerkt davongemacht und mich sozusagen in der leeren Zeit, im leeren Raum allein gelassen.

Maria stand hinter mir. »Ich verstehe dich«, sagte sie mit leiser Stimme, »an die Liebe zu glauben bedeutet eine Rechtfertigung der erlittenen Schmerzen.«

In solchen Momenten sind Bewußtsein und Wahrnehmung abgestumpft; jedes Wort wird daher anders verstanden, als es gemeint ist, und verstärkt nur den Schmerz, den es erleichtern will. Marias Stimme war sanft wie Engelshauch, doch ihre Worte halfen mir nicht, meine Situation zu verstehen, sie beinhalteten eher einen selbstbezogenen Wunsch und eine gewisse Härte.

Ich konnte die Tränen nicht zurückhalten und legte meinen mit zertrümmerten Träumen angefüllten Kopf auf den Tisch. So verharrte ich eine Weile leise schluchzend.

Marias Hand auf meiner Schulter erweckte keinerlei Gefühl in mir. Es war nur eine bewußt eingesetzte Geste in der selbsterwählten Rolle als »liebevolle Mutter«. Durch diese Geste wurde sie geradezu vollkommen. Tatsächlich hätte sie diese Worte unmöglich zu mir sprechen können, ohne mir die Hand auf die Schulter zu legen. Sie war von ihrer eigenen Rechtschaffenheit überzeugt und modellierte ihr Ich entsprechend einer selbstentworfenen Persönlichkeit. Wie eine etwas andere Projektion eines selbstsicheren Autofahrers, der sich ans Steuer setzt, den Zündschlüssel umdreht und nach dem Schalthebel greift. Daß sie zu mir gekommen war und sich um mich kümmerte, versetzte mich in eine komische Stimmung: Ich vergaß mich selbst und hatte nun Mitleid mit ihr. Marias zwanghafter Missionseifer war armselig und bedauernswert, ja, auch vergeblich, und vergebliche Mühen sind nichts anderes als Schwimmübungen in flachem Wasser.

Nein, selbst wenn sie recht hatte, konnte Maria meinen Schmerz nicht lindern. Sie war zudem gar nicht verpflichtet, sich so zu verhalten.

Ich kannte Maria von früher. Selbst an eiskalten Wintertagen trug sie ein nachthemdartiges Kleid aus ganz dünnem Baumwollstoff mit Gummizug in der Taille. Über ihre Schulter hing stets die Gitarre. Hin und wieder zupfte sie auf ihre Art an den Saiten und murmelte mit einem gekünstelt melancholischen Mezzosopran ein paar Strophen, die wie englische Kirchenlieder klangen. Sie schminkte sich nie; ich habe sie auch niemals Alkohol trinken sehen.

Auch Elfi kannte Maria, sie mochten sich nicht besonders. Eine Zeitlang war Marias Liebe zu Franco in aller Munde. Franco wußte davon, doch wenn er sie traf, neckte er sie nur: »Laß mich nur erst meine Sachen regeln, ich verspreche dir, dann hauen wir zusammen ab aus dieser gräßlichen Stadt, du wirst das einzige an meiner Seite sein, das mich an Berlin erinnert.« Wir lachten dann alle, Maria errötete, und ein verschämtes Lächeln belebte ihr sonst so blasses Gesicht.

»Maria, Franco soll krank sein. Er wird heute wohl nicht kommen! – Maria, Franco läßt dich grüßen! – Maria, Franco hat eine andere, weißt du's schon?« Auf solche Spötteleien nickte sie nur und bedankte sich überbetont. Die Spötter schämten sich dann, nur die besonders Dickfelligen trieben den Spaß noch weiter. Wenn Maria an ihnen vorbeiging, zerrten sie an ihrem Rock oder an ihren hüftlangen blonden Haaren. Mit keiner Handlung aber zeigte sie Reue wegen ihrer edlen Gefühle für Franco, auf den sie ihr ganzes Leben baute. Mit diesen Gefühlen schuf sie sich selbst eine eigene Welt außerhalb der unseren. Wir verstanden ihre Welt nicht und versuchten auch nicht, sie zu verstehen, da wir sie altmodisch fanden. So war es am bequemsten. Wie nahmen Maria so wahr, wie wir sie nun einmal sehen wollten. Wer sie nicht selbst kennt, könnte sie nach dieser Schilderung für eine Gestalt halten, an deren Existenz keiner mehr so recht glauben will, eine Heilige. Auch an dieser Annahme ist etwas dran. Denn Maria hat sich mit übergroßem Mut von der Gewöhnlichkeit der Mode abgewandt, sie ist die nostalgische Heldin einer weit zurückliegenden Zeit und deren Vorreiterin in der Gegenwart. Meiner Meinung nach hätte sie besser in ein von Feen bewohntes Märchenschloß mit spitzen Türmen gepaßt.

Bin etwa auch ich so wie Maria auf der Suche nach einer romantischen Phantasie? Achtung! Gefahr! Maria und Elfi werden in diesem Moment austauschbar.

Die kalte, sternlose Dunkelheit der Nacht war allmählich in meinen Kopf gesickert. Ich sammelte mich und bat Maria, mich allein zu lassen. Das hatte sie nicht erwartet, sie war entsetzt und tat etwas Unvorhergesehenes: Sie umarmte zärtlich meinen Kopf und drückte ihn an ihre Brust. Dann aber bereute sie ihr Verhalten sofort und entfernte sich schnell. Sie ging nach hinten, machte jedoch plötzlich halt und lauschte neugierig den Klängen, die aus der Music Box quollen, als höre sie so etwas zum ersten Mal.

15

Robert Biberti, Haupt der legendären Vokalistengruppe »Comedian Harmonists« aus den Dreißigern, soll in jenen Jahren trotz seines hohen Alters häufig in den Kneipen um den Savignyplatz anzutreffen gewesen sein. Ich habe ihn nie kennengelernt. Was ich über ihn und seine musikalische Karriere weiß, ist eine Mixtur aus Erzählungen und Nostalgie. Das berühmte Sextett war mit seiner sauberen Intonation und seiner rhythmischen Präzision bahnbrechend für die populäre Musik. Bei ihren stets ausverkauften Konzerten in den Metropolen Europas enthusiasmierten sie ihre zahlreichen Bewunderer. Als sie 1934 im Deutschen Reich Auftrittsverbot erhielten, machten sie heimlich eine letzte Aufnahme, durch die ich ihre Stimmen kennenlernte. Ihre intelligente Ironie gegenüber dem Massengeschmack ihrer Zeit in Liedern wie »Onkel Bumba aus Kalumba« oder »Veronika, der Lenz ist da« gefiel mir. Als ich das Foto auf der Plattenhülle sah, auf dem sie um einen Flügel gruppiert stehen, die Haare mit Brillantine glattgekämmt, alle in Frack und mit weißer Fliege, ahnte ich im begehrlichen Leuchten ihrer verträumten Blicke das Geheimnis ihrer Unsterblichkeit. Das eigentlich Auffällige an diesem Foto aber ist, daß keiner von ihnen ins Objektiv blickt. Alle haben die Köpfe in verschiedene Richtungen gewandt und ihre Augen auf unsichtbare Punkte gerichtet. Sie scheinen sich ihrer Macht fast etwas zu schämen. Vielleicht wollten sie auch ihr Beleidigtsein dokumentieren. Robert Biberti steht ganz links, er ist der stattlichste von ihnen. »Die Unsterblichkeit gibt es, wenn überhaupt, dann nur auf diesem Foto«, scheint er sagen zu wollen, »wenn wir leben, dann durch die, die unser Foto sehen.« Auch ich kenne ihn nur von diesem Foto; wenn er heute mit mir lebt, dann als Teil dieses Fotos, ich bin ihm weder in den Kneipen um den Savignyplatz noch sonst irgendwo je begegnet. Doch ich muß anfügen, daß ich in jenen Jahren in den verrauchten, von lärmenden jungen Leuten bevölkerten, chaotischen Kneipen zu später Stunde gelegentlich einem Mann begegnet bin, auf den die Beschreibungen meiner Bekannten paßten. Dieser alte Mann aus meiner Erinnerung, der mit seinen gemessenen Bewegungen und den im Munde gerollten Worten Ruhe ausstrahlte und von dem ich annehme, es könnte der einst berühmte Robert Biberti gewesen sein, der er wahrscheinlich aber gar nicht war, wurde stets von jungen Mädchen begleitet. Das hatte mein Interesse erregt. An jenem Abend war es Maria, die ihn begleitete.

In meinem Kopf herrscht ein seltsamer Tumult, etwas hüpft umher wie aufgezogene Spielzeugfrösche aus Blech, manchmal auf der Stelle auf und ab, manchmal nach links und rechts, manchmal mit unvergleichlichen Wendungen rückwärts... Tick-tick... Dann Schweigen. Plötzlich Regungslosigkeit. In der Stille dann wieder von neuem: tick-tick-tick... Die riesige Stadt bewegt sich in meinem Kopf. Berlin bewegt sich. Nein, die Zeit bewegt sich.

Unter der furchtbaren Einsamkeit der dunklen Himmelskuppel hört der junge Mann nur das leise Surren der Motoren oder vielmehr die Stille dieses längst gewohnten Geräusches; er sieht ein paar Lichter wie Glühwürmchen aufleuchten und wieder verlöschen, vielmehr sieht er die raumlose Dunkelheit um diese kurz aufleuchtenden Lichter; während er eintaucht zwischen die Lichtsäulen, die wie Scherenklingen aus allen Richtungen die Dunkelheit zerschneiden, oder vielmehr eintaucht in die rautenförmigen Vierecke oder rechtwinkligen Dreiecke oder die vielen anderen veränderlichen Formen kohlrabenschwarzer Leere, die zwischen den diagonal sich schneidenden Lichtbahnen entstehen, und während er all das noch für eine Siegesfeier nach einem endlos langen und weiten Kriegszug hält, die ihn zum Helden erheben soll, findet er sich auf einmal in Manchester wieder, in dem Viertel mit den Reihenhäusern aus Backstein und in dem kleinen Kinosaal am Ende dieser Häuserreihen, in den er jedes Wochenende gegangen war. An seiner Seite ist Jenny, seine jetzige Frau. Als der Film beginnt, schmiegt Jenny sich enger an ihn und hält ihm die Popcorn-Tüte unter die Nase. Er nimmt eine Handvoll Popcorn aus der Tüte und drückt Jenny einen flüchtigen Kuß auf den Nacken. *Twentieth Century Fox presents.* Fanfaren werden geblasen. Die Lichtkegel gleiten siegesgewiß triumphierend über das Emblem. Gleich wird der Film beginnen. Der junge Mann kontrolliert ein letztes Mal die Koordinaten. In Ordnung. Alle Daten stimmen. Die Berechnungen waren nicht falsch. Er drückt auf den Knopf. Da fällt in Berlin mitten auf das für tausendjähriges Bestehen entworfene »Germania Haus« eine Bombe. Nach dem unerwarteten Krach in der nächtlichen Dunkelheit stürzt in der Carmerstraße 11 (wenn man vom Savignyplatz kommt, rechts, gleich nach der »Dicken Wirtin«) im linken Seitenflügel das Dach ein: Feuerbälle fegen durch die Luft, und die Flammen greifen im Handumdrehen auf die anderen Stockwerke über. Die Bewohner der Straße springen aus ihren Betten. Die Angst hält alle anderen Gefühle und auch die Gedanken unter Kontrolle. Keiner weiß mehr, was er tut. Die Sicherheitskräfte haben das Feuerareal schon abgesperrt und lassen keinen mehr heran. Auch Goebbels ist da, teilt Befehle aus und kreischt: »Ihr seht hier überhaupt nichts, ihr meint etwas zu sehen, und dabei träumt ihr nur.«

»Tatsächlich«, sagt einer in Schlafanzug und Pantoffeln, »ich glaubte, eine Bombe sei eingeschlagen.«

»Siehst du, du sagst selbst, du dachtest. Du hast dich also geirrt«, fällt ihm ein Nebenstehender ins Wort. »Ich glaubte, ein Feuer zu sehen, aber es ist wohl keines.«

Er schaut hoch in den Himmel und zeigt auf die Feuerbälle, die durch die Luft fliegen: »Das sind dann wohl so etwas wie Nachtfalter, wahrscheinlich aus tropischen Ländern, sie haben sich sicher verirrt, die armen.«

»Du hast recht, offenbar haben wir etwas gesehen, was gar nicht da ist.«

Beide kehren erleichtert und in dem Glauben, es sei in Wirklichkeit nichts passiert, das Dach nicht mit großem Krach eingestürzt und keine Feuerbälle durch die Luft geschwirrt, nach Hause zurück, um ihren unterbrochenen Schlaf fortzusetzen.

In jenes Gebäude, in dem sich sehr viel später einer niederließ, der in den Cafés und Kneipen der Gegend mit wahrer Hingabe sämtliche Zeitungen, Zeitschriften und Bücher las, die er in die Finger bekam, und dann eines Tages die sehr sympathische Lehrerin Sabine Burmeister heiratete, der schon viele Männer nachgelaufen waren, fortan auf sie und zugleich alle Kulturveranstaltungen der Stadt abonniert war, K.P. Herbach also; in dem außerdem der Verleger Klaus Wagenbach und der SFB-Fernsehredakteur Jürgen Tomm wohnten, in den dritten Stock dieses Gebäudes war eines Tages der junge Romanistikstudent Dietrich Lückow eingezogen, der wiederum mir erzählte (und er hatte es angeblich von Robert Biberti persönlich), daß in jener Nacht unter den Augenzeugen dieses seltsamen Ereignisses in der Carmerstraße 11, das fast wie eine mysteriöse Gespenstergeschichte klingt, auch das Haupt der verbotenen Gruppe »Comedian Harmonists« Robert Biberti war. Möglicherweise hatte er sich trotz fortgeschrittener Stunde, erschöpft vom Liebesspiel mit einer seiner jungen Geliebten auf dem mit olivgrünem Samt bezogenen Divan ausgestreckt und nahm gerade einen letzten Schluck Portwein, als ein Krach die Fenster und Wände erschütterte; er fuhr hoch, lief zum Fenster, war entsetzt über den Anblick gegenüber und wußte einen Moment lang nicht, was zu tun sei. Als er sich kurz umblickte, sah er seine junge Geliebte vor Angst schlotternd am großen Kachelofen kauern, da riß er sich zusammen und ergriff die Zeiss-Kamera, die auf dem Bücherregal lag, benutzte den schweren Brokatvorhang wie ein Schild und öffnete ihn einen Spalt (denn in jenen Jahren wohnte auch Robert Biberti im selben Gebäude, Vorderhaus, zweiter Stock), drückte auf den

Auslöser und verewigte in diesem Moment auf dem Negativ die Zerstörung durch die erste Bombe, die auf Berlin fiel und von der die Augenzeugen später glauben sollten, sie hätten sie nicht gesehen.

Wenn die Überlieferung stimmt und das Foto nicht verloren ist, dann wird es, wie alle Fotos, solange sie als Fotos existieren, fortdauernd eine in der Gegenwart nicht existente Wirklichkeit erneuern, eine einst durchlebte und vergangene Wirklichkeit, an die jene, die sie erlebten, nicht glaubten. Sollten eines Tages wieder Menschen dieses Foto betrachten, so werden sie die Wirklichkeit darin allerdings nicht sehen, denn das Wirklichkeitsgefühl, das sich bei ihnen einstellen wird, wird das einer anderen Wirklichkeit sein.

16

Was wußte ich überhaupt von Maria? Wieder einmal konnte ich mir diese Frage nicht verkneifen, die ich auch in bezug auf andere immer wieder stelle. Dauernd hatte ich den Moment vor Augen, wie sie plötzlich, nachdem sie von mir weggegangen war, mitten im Raum stehenblieb, um neugierig der lauten Musik aus der Music Box zu lauschen, so als höre sie so etwas zum ersten Mal. Ich hatte das überhaupt nicht verstanden. Ich überlegte, ob die Musik sie möglicherweise an ein schreckliches Ereignis erinnerte, das sie erlebt hatte. Das »schreckliche Ereignis« konnte auch ein Mord sein.

Wenn wir in der Zeitung die Mordnachrichten lesen, so glauben wir, daß es sich um gewöhnliche »schreckliche Ereignisse« handelt, die eben geschehen müssen, so, wie das Gute immer siegen muß, und sind nicht weiter beeindruckt. Wir lesen sie mit Spannung, aber wir denken gar nicht daran, daß wir manchmal unsere eigene Existenz retten, indem wir einen anderen vernichten, ihn auslöschen.

Marias seltsames Verhalten konnte sehr wohl in der plötzlichen Erinnerung an einen solchen existentiellen Vorfall begründet sein.

Meine Gedanken hatten sich schon längst von Maria gelöst. Doch das Bild, wie sie mitten in der Kneipe stand und der Musik zuhörte, blieb mir im Kopf haften und zwang mich, einen existentiellen Vorfall an der Stelle weiterzudenken, an der ich stehengeblieben war. Ich versuchte, Zeit zu gewinnen, um nicht zu Ali Itır zurückkehren zu müssen. Das Bild mit Maria hingegen verblaßte zusehends und entfernte sich mit großer Geschwindigkeit von mir. Erst war Franco entschwunden, dann Elfi und schließlich auch noch Maria. Würde ich sie je wiedersehen? Solange der Mensch glaubt, gibt es immer Wunder.

Maria ging, als sei nichts geschehen, und setzte sich wieder an den Tisch zu dem alten Mann. Sie war also noch nicht entschwunden. Dabei verband mich mit ihr keine tiefere Beziehung, lediglich einige Begegnungen, die keine Spuren hinterlassen hatten. Zumindest dachte ich das. Der alte Mann nahm einen Schluck Rotwein aus dem kleinen Glas. Als er den Kopf hob, erblickte er mich und winkte mir zu. Er wollte, daß ich mich zu ihnen setze. Was blieb mir anderes übrig, als zu ihrem Tisch hinüberzugehen? Ich nahm mein Bier und setzte mich zu ihnen. Der alte Mann fragte aus heiterem Himmel: »Du bist doch Türke?« Ich nickte. Marias Bruder war in der Türkei mit einer kleinen Menge Haschisch festgenommen worden und saß jetzt im Gefängnis.

»Ich muß hinfahren, um ihn rauszuholen. Das muß ich Maria zuliebe tun. Was meinst du, ist es zu schaffen?«

Ich schweige. Er deutet mein Schweigen als Zeichen für mein Interesse und beginnt zu erzählen:

»Ich kenne Marias Bruder, er ist ein harmloser Mensch, er war mit einer Tänzerin befreundet, meiner Meinung nach paßten sie sehr gut zueinander, eines Tages verließ ihn das Mädchen und ging mit einem anderen, darüber ist der Junge nie hinweggekommen, er machte sich aus dem Staub und ließ lange nichts mehr von sich hören, dann passierte ihm diese Sache...«

Ich schweige. Daß so ein elfenhaft zartes Geschöpf, das sanft wie eine Feder in unsere Träume fällt und uns aus anderen Träumen neue Träume zuträgt, gewöhnliche Dinge tun könnte, wie sie normale Mädchen tun, das wollte unmöglich in meinen Kopf. Es tat mir in der Seele weh. Ich trauerte nicht um Marias unglücklichen Bruder, der weggegangen war, weil er von seiner Geliebten verlassen wurde, und in der fernen Türkei wegen Haschisch im Gefängnis saß, sondern um das Bild einer Ballerina in meinem Kopf, das auf diese Weise beschmutzt wurde. Überkommen mich diese Gefühle jetzt beim Nachdenken, oder meine ich, daß ich damals, als ich das alles erlebte, so gefühlt habe? Ich bin wieder völlig durcheinander. Da taucht ein weiteres Bild auf, das mich rettet: Die Ballerina schnürt in den Kulissen ihre Schuhe auf. (Ach, welche Zierlichkeit, selbst beim Aufschnüren der Schuhe!) Mit verzogenem Gesicht zieht sie mühsam die verschwitzt am Fuß klebenden Schuhe aus und schleudert sie in eine Ecke der Kulisse. Versonnen bewegt sie die Zehen ihrer geschwollenen Füße ein wenig und massiert sie dann mit den Händen... Und dann ein Detail in Nahaufnahme: Wie häßlich sind die großen Zehen der Ballerina. Verstümmelt. Ekelhafte Zehen. Noch dazu zur Seite hin verwachsen.

Das Bild macht einem anderen Platz: Menschen an einer Imbißbude, die von Papptellern Wurst mit Ketchup und Pommes mit Mayonnaise essen... Die Ballerina ist auch dabei. Ketchup und Fett tropfen ihr aus den Mundwinkeln.

»Ich war in Ankara, ich habe dort einflußreiche Bekannte.« Ich schweige. Ich bin erlöst. Ich hasse jetzt die Ballerina. Sollen sie doch beide zur Hölle fahren, die Ballerina und Marias Bruder. Was gehen sie mich an? Warum erzählt er mir das alles?

»Du kennst doch Şükrü Kaya, den Innenminister, er ist ein guter Freund von mir.« Maria ist ganz Ohr und wartet auf einen Ausruf des Staunens meinerseits.

Ach, wirklich? Zwar ist der Herr 1882 geboren und 1959 gestorben, aber du hast recht, bis 1938 war er tatsächlich Innenminister. Natürlich, wenn nicht er Marias Bruder retten kann, wer dann – das ist die Bestätigung, die er von mir erwartet. Ich schweige.

»Wir haben uns schon lange nicht mehr gesehen; sollten wir uns wiedersehen, könnten wir der alten Tage gedenken. Wen kannte ich noch? Warte mal... Richtig, ich erinnere mich an eine kleine, dunkle Sängerin. Der Gazi Paşa soll sie sehr geschätzt haben. Er nannte sie ›die Nachtigall von Çankaya‹. Sie hieß Sa... sa... natürlich, Safiye. Wenn sie ihm zu Ehren sang, dann machte keiner einen Mucks, alle die geladenen Gäste, Staatsdiener und andere hohe Herren, wagten kaum zu atmen, während sie ihr zuhörten. Ich wurde ihr im Ankara Palast...«

Selbstverständlich konntest du nirgendwo anders wohnen als im Ankara Palast, denke ich im stillen. Eines Abends – die Sonne geht gerade über der Steppe unter, ein trockener, frostiger Wind fegt durch die Straßen der Hauptstadt, die einer Provinzstadt gleicht – die Neustadt mit den teils frisch vollendeten, teils noch im Bau stehenden Ministerialbauten hat ihr modernes Gesicht noch nicht ganz gefunden und steht im Kontrast zu den aus Lehmziegeln gebauten Häusern am

Saum der Burg – betrittst du den aufdringlich nach Provinz riechenden Speisesaal des Ankara Palast Hotels, wo zwei Männer an einem Tisch in der Nähe des Orchesterpodiums in ein angeregtes Gespräch vertieft sitzen. Vielmehr redet einer von beiden, der mit Schnurrbart, unaufhörlich auf den anderen ein. Einer von beiden ist also nur ein Zuhörer. Hin und wieder bestätigt er den anderen durch Kopfnicken. Beim Nähertreten wird sich herausstellen, daß der feurige Redner kein anderer als Falih Rıfkı Atay ist, einer der Ideologen und Hauptschreiber der Republikanischen Volksfraktion. Sein Gegenüber ist nicht zu erkennen, da er mit dem Rücken zur Tür sitzt. Meister Falih Rıfkı hat bei den Polemiken seiner politischen Kolumne in der Zeitung »Nationale Souveränität« angefangen, gibt dann die Anekdote des Berliner Professors für Städtebau Jansen zum Bauplan von Ankara zum besten, schimpft auf die Bodenspekulanten, die ihren Einfluß mißbrauchen, und fährt schließlich folgendermaßen fort:

»Unsere Polizei läßt keinen Taschendieb entwischen, aber ein Haus, ein Viertel, eine Stadt können ihr durch die Lappen gehen. Können Sie das verstehen?« Sein Gesprächspartner murmelt: »Durchaus nicht, durchaus nicht«, und zeigt seine volle Zustimmung, worauf der Meister dieses großartige Urteil abgibt: »Es ist erwiesen, daß Mustafa Kemal Paşa eine Regierung gebildet hat, die zwar stark genug war, die Hutreform und die Einführung des lateinischen Alphabets durchzusetzen, aber nicht in der Lage, einen Stadtbebauungsplan umzusetzen.«[2]

Nachdem er mit einem so treffenden Beispiel unterstrichen hat, daß eine starke Regierung zwar alles beherrschen könne, jedoch keine Lösung für das morali-

---

[2] Falih Rıfkı Atay, »Çankaya«

sche Problem bereithalte, daß Leute ihren Einfluß für schlechte Zwecke spielen lassen, geht er von den Reformen zu dem Thema über, auf dem er eine Autorität ist, zur Frage der »Neuen Schrift und Sprache«, und erzählt aus seinen Erinnerungen: »Als im November 1928 die neue Schrift eingeführt wurde, verwandelte man die Alphabet-Kommission in eine Sprach-Kommission. Ich war Mitglied dieser Kommission. Nach ihrer Gründung stellten der seelige Celâl Sahir, Ahmet Rasim und İbrahim Necmi ein Rechtschreibwörterbuch zusammen. Die Sprachfrage war zuallererst durch eine Losung von Vizekanzler İsmet Paşa ins Rollen gekommen. İsmet Paşa sagte, ihr müßt einen türkischen Larousse machen. Der Vizekanzler hatte eine einfache Vorstellung: Alle Wörter in dem zweibändigen Larousse-Lexikon sollten mit türkischen Entsprechungen versehen werden...«[3]

An dieser Stelle sieht der Meister wohl die Notwendigkeit, den Finger auf einen Punkt zu legen, den er bei seinen Ausführungen über die Frage der »Neuen Sprache« ausgelassen hat; er nimmt das Thema noch einmal auf und sagt in seiner beredten Rhetorik: »Die Anhänger des Osmanischen waren gegen eine Veränderung der Schrift. Als jedoch die Einführung des lateinischen Alphabets einmal beschlossen war und ihnen nur die Aufgabe blieb, ein neues Alphabet zu machen, schütteten sie ihren Fanatismus darüber aus. Atatürk wurde in Istanbul ungeduldig. Wir erstickten in Diskussionen. Der größte Streit entbrannte um die Frage nach ›K‹ oder ›Q‹. Da in allen türkischen Wörtern ›K‹ neben hellen Lauten hell und neben dunklen Lauten dunkel ausgesprochen wird, war der Buchstabe ›Q‹ überflüssig. Was aber sollte mit arabischen Wörtern wie ›Kâ-

---

[3] Falih Rıfkı Atay, »Çankaya«

mil‹, ›Kâzım‹ und ›kâfi‹ geschehen? Wir konnten schließlich den Beschluß fassen, daß in solchen Ausnahmefällen ein ›H‹ neben das ›K‹ gesetzt werden solle, und später wurde dieses Problem dann durch einen Accent circonflexe auf dem a geregelt...«[4]

Aber wie für alle, die weder das Vorher noch das Danach der Übergangszeit vom Vielvölkerreich zum Nationalstaat kennen, werden diese Gespräche auch für dich ohne Bedeutung sein, meinte der alte Mann neben Maria, der mich zu sich gerufen hatte und mir nun von seinem früheren Aufenthalt in Ankara erzählte. In dieser Nacht kam ich erstmals auf die Idee, daß er der einst berühmte Robert Biberti sein könnte, von dem es hieß, er sei häufig in den Kneipen um den Savignyplatz anzutreffen. In der Verlängerung dieses Gedanken ergibt sich immerhin eine Möglichkeit, daß Robert Biberti (nun ist es nicht mehr wichtig, ob es der alte Mann mir gegenüber war oder der junge Robert Biberti, den ich von dem Foto kannte) auf einer Tournee der »Comedian Harmonists« Ankara einen Besuch abstattete (ein Besuch, der nicht offiziell gestattet, aber geduldet wurde und der daher in biographischen Aufzeichnungen keine Erwähnung, dafür aber vielleicht Eingang in die Berichte des Geheimdienstes der Deutschen Botschaft fand). Warum nicht?

Die unzusammenhängenden Strömungen in meinem Kopf machen mich müde. Einen Moment lang scheinen sie zu versiegen, und es bleibt ein prägnanter Satz zurück: Berlin, jetzt, in der nächtlichen Beleuchtung, bist du eine blasse Schaufensterpuppe!

Ich setze den Satz fort: Die Kleider, die du trägst, sind die Vorboten der nächsten Modesaison. Aber deine Augen sind matt. Tot. Den Arm geziert angewinkelt, den

---

[4] ebda.

Finger abgespreizt, bist du erstarrt in einer total künstlichen Pose.

Ich dagegen bin noch immer in der »Paris Bar«.

17

Es gibt kein Entkommen: Ali Itır ist so nicht zu erkennen, aber dieser Mensch, der mir ständig im Kopf herumspukt, egal wo ich hingehe, der in jedem Wort, das ich höre, schlimmer noch, das ich selbst spreche, und in allen meinen Handlungen vorhanden ist, hängt wieder an meinen Rockschößen, er reißt mich von der *Gegenwart* los, die ich vor vielen Jahren erfaßt hatte, lange bevor ich ihn, Ali Itır, kennenlernte (wenn ich *Gegenwart* sage, meine ich eigentlich eine vergangene Zeit), und zwingt mich in diese eine unveränderliche Zeit, in der ich immer mit ihm zusammen sein muß (ich beginne allmählich zu verstehen, daß diese *eine einzige Zeit* gewissermaßen auch die Gegenwart der Vergangenheit ist). Wir beide sind wieder unter uns.

Eigensinnig sagte Ali Itır: »Aber ich bin nicht er.« Ich bestehe darauf. Wenn das nicht hilft, denke ich mir andere Geschichten, Möglichkeiten und Annahmen aus, die ihn zu dem Ali Itır meiner Vorstellung machen sollen, und suche nach Beweisen für ihre Richtigkeit.

Ali Itır kratzt sich an der Nase. / Ali Itır trinkt Asbach-Cola. / Ali Itır gähnt ausgiebig, während er in einem Vereinslokal Studenten bei der Beratung ihrer Revolutionsstrategien zuhört. / Ali Itır sagt zu Brigitte: »Du bist eine schöne Frau.« / Mit eregiertem Penis wirft er sich wie von Sinnen auf Brigitte und stöhnt: »Nix fertik, nix gehen.« Er zittert vor Erregung. / Ali Itır träumt von Frau Sultan mit dem fetten Arsch; morgens beim Aufwachen merkt er, daß er die rituelle Waschung vornehmen muß.

Ich schreibe Ali Itır alles zu, was mir gerade in den Sinn kommt.

So ist es gar kein Problem für mich, ihn eines Tages mit einem Menschen zusammentreffen zu lassen, der sich als Regisseur ausgibt und ihm vorschlägt, die Rolle seines Lebens zu spielen. Ali Itırs Verhalten verändert sich sogleich, er hebt völlig ab. Da er überzeugt ist, der Mann, den er im Film spielen solle, müsse ein jugendlicher Liebhaber sein, paßt er seine Aufmachung und Kleidung dem Ideal von einem jugendlichen Liebhaber in seinem Kopf an. Er läßt sich beispielsweise die Haare im Nacken rund schneiden und bis über beide Ohren wachsen und läuft in dunklen Anzügen herum, die nicht zu seiner kleinen Figur passen. An sonnigen Tagen knöpft er sein Hemd bis zum Bauchnabel auf, zieht den Bauch ein, um die Aufmerksamkeit aller auf die dicke Goldkette zu lenken, die er wie eine Art Visitenkarte auf der behaarten Brust trägt, und setzt eine modisch verspiegelte Sonnenbrille auf. (Lebt im Grunde nicht jeder von uns, als drehe er einen Film zu einem Szenarium seiner Phantasie, in dem er selbst die Hauptrolle spielt? Der Mann, der im Café endlich zum Tisch der Dame geht, mit der er seit Stunden Blicke wechselt, und sie fragt: »Darf ich Ihnen etwas bestellen?«; die Frau, die wie auf einem Laufsteg durch die Fußgängerzone stolziert, in ihrem hautengen Rock die Hüften schwingt und sich dabei unwiderstehlich findet; jemand, der es sich nach dem allein verzehrten Abendessen vor dem Fernseher gemütlich macht, eine Zigarre anzündet und genüßlich seinen Armangnac »Château du Tariquet« schlürft; die beiden, die plötzlich mitten auf der Straße stehenbleiben und sich küssen, als hätten sie sich eben erst getroffen; der Jüngling, der mit besonderer Pose den Mantelkragen hochschlägt und sich eine Zigarette in den Mund steckt; die junge Frau, die an jede Tür klopft, um Spenden für eine religiöse

Sekte zu sammeln; die Dame, die sich im Theater, während sie auf den Beginn des Stückes wartet, unbeobachtet glaubt und rasch prüft, ob sie unter den Achseln nach Schweiß riecht; das junge Mädchen, das sich die Haare mit Henna färbt; der Mann, der ins Solarium geht, um mitten im Winter Sonnenbräune vorzutäuschen; einer, der auf dem U-Bahnhof zwischen all den wirren Grafittis an der Wand über den lesbaren Satz »Seid radikaler als die Wirklichkeit!« mit noch dickeren Buchstaben »Cobras/Habibi« schreibt und sich auf diese Weise selbstverwirklicht; die vielen, die sich einen runterholen... Sind sie nicht alle Spieler in einem selbsterdachten Drehbuch?)

An manchen Tagen verpasse ich Ali Itır eine Schwarzarbeit; ich lasse ihm am Arbeitsplatz nach Lust und Laune Ungerechtigkeiten widerfahren, stelle mir jedoch vor, wie er all das im Hinblick auf das große Ziel in seinem Leben geduldig erträgt; dann schenke ich ihm im Traum das Lächeln einer anderen Frau, tauche ihn mit ihr in ein Meer von Lust und sexueller Befriedigung; ich erfinde geheime Schwingungen der Zuneigung zwischen Brigitte und ihm, die in eine reine Liebesgeschichte münden; ich mache ihn zu einer legendären Figur mit unfaßbaren Abenteuern; manchmal wiederum stehe ich in einem seiner unglücklichsten Momente vor ihm und erinnere ihn mit einem Wort oder einem Satz an die sicheren, zufriedenen Tage seines Lebens; ich versetzte ihn in eine endlose Steppe, die ich selbst aus Büchern und von Fotografien kannte, und dort auf den sonnenverbrannten, staubigen Platz in einem Dorf: Da ist er nun und blickt verwirrt um sich. Vor dem Dorfcafé wartet ein Kleinbus, der bald in die Stadt fahren wird. Ali Itır gleitet lautlos in diesen Bus. (Währenddessen könnte ein heranwachsendes Bauernmädchen sich auf der anderen Seite des Platzes hinter einem Maulbeerbaum versteckt halten, um nicht von den Männern im Café gesehen zu werden, und in großer Hoffnungslosigkeit sein Einsteigen in den Bus beobachten.) Während er im backofenheißen Bus auf die Abfahrt wartet und sich vielleicht den Schweiß abwischt, denkt Ali Itır nur an dieses Mädchen. Sein Herz schlägt heftig. Er möchte so gerne den Kopf aus dem Fenster stecken, zurückblicken und sie wenigstens noch einmal schemenhaft hinter dem Maulbeerbaum erspähen (er weiß, daß er beobachtet wird), aber er bringt es nicht über sich und versucht krampfhaft, an andere Dinge zu denken: an den Tag, als Babu starb und die Männer wie regungslose Skulpturen bei einer schweigenden Andacht im Innenhof an den Mauern hockten... Drinnen frittierten die Frauen kleine Krapfen zur Totenfeier. İbrahim Gündoğdu, sein Vetter mütterlicherseits, der älter ist als er selbst, damals aber nur Flaum auf der Oberlippe hatte, seufzte tief auf: »Gott, vergib ihm seine Sünden.« Die Stille zerriß. »Gott, vergib ihm seine Sünden. Amen«, wiederholten die regungslosen Schatten, ohne die stille Andacht im Hof zu stören. Dann murmelte İbrahim Gündoğdu mit kaum hörbarer, gedämpfter Stimme: »Ich habe es sogar geträumt: Ich esse unreife Trauben und bekomme Zahnschmerzen. Beim Ziehen bricht der Zahn ab. Hoffentlich ein gutes Zeichen, denke ich, glaube aber irgendwie nicht daran. Nachdem der Arzt da war, heult in der nächsten Nacht um Mitternacht ein Hund, auch in den folgenden Nächten hört das Heulen nicht auf, das Tier heult und heult vor der Tür. Ich gehe hinaus, kann aber in der Dunkelheit nichts sehen. Ich hebe den Kopf und blicke zum Himmel: eine Spreuwolke von Sternen. Da gleitet plötzlich einer als Sternschnuppe hinunter, bis zu unseren Pappeln, und verschwindet. Zu dieser Stunde wurde mir klar, daß sich alle Zeichen gezeigt hatten...« Offensichtlich redete er so, um seinem bedrückten Herzen Erleichterung zu verschaffen.

Ali Itır denkt also, aus welchen Gründen auch immer, an jene Nacht, als Babu starb und die sicheren und zufriedenen Tage der riesigen Familie zu Ende gingen, und diesmal ist er es, der eine Bedrückung spürt.

Der Fahrer ist in den Bus gestiegen und hat den Motor angelassen. Im Motorenlärm fällt Ali Itır noch ein, daß er das Mädchen, von dem er sich jetzt beobachtet glaubt, vor Jahren, als es noch ein kleines Kind war, an einem heißen und staubigen Tag wie heute gesehen hat, wie es hinter dem Haus beim Eingang zum Stall von seiner Mutter in einem Bottich gewaschen wurde. Aber es besteht überhaupt keine Ähnlichkeit zwischen dieser Kindheitserinnerung und seinem gegenwärtigen Wunsch, angesichts irgendeiner nackten Frau dieses Mädchen zu sehen. Denn Ali Itırs Phantasie ist auf diesem Gebiet unerschöpflich; wenn er will, kann er sich sogar eine atmende Vagina vorstellen, so wie eine sich hebende und senkende Brust. Wenn er will, sieht er nichts als das.

Manchmal lasse ich ihn, Ali Itır, dem ich alles zuschreibe, was mir in den Sinn kommt, auch eine Handlung vollführen, angesichts derer alle vor Verwunderung erstarren. Ich lasse ihn zum Beispiel eine Frau, die ihm im Bus aus Versehen auf den Fuß getreten ist, mit »Aber, aber, gnädige Frau« anreden, um dann folgendermaßen fortzufahren: »So schreitet in dem engen Bretterhaus / Den ganzen Kreis der Schöpfung aus / Und wandelt mit bedächtiger Schnelle / Vom Himmel durch die Welt zur Hölle.«[5]

Was für einen Spaß es mir macht, mir die Ratlosigkeit der so angesprochenen Frau vorzustellen: Nach dem ersten Schreck blickt sie Ali Itır mürrisch an. Of-

---

[5] Goethe, »Faust«, Vorspiel auf dem Theater

fensichtlich ist sie verärgert über die ungewöhlichen Kenntnisse, die er von sich gibt. Zweifellos könnte ich Ali Itır noch ganz andere Sachen in den Mund legen, die die Frau erst recht auf die Palme bringen würden. Was meint ihr etwa zu dem Abzählreim, den wir in den Kriegsjahren oft auf dem Schulhof beim Spielen mit ungarischen, tschechischen und deutschen Flüchtlingskindern hersagten und der damals weit verbreitet war: *Bir, iki, üçler / Yaşasın Türk'ler / Dört, beş, altı / Polonya battı / Yedi, sekiz, dokuz / Alaman domuz.*[6]

Auch Ali Itır würde diesen Reim zum ersten Mal in seinem Leben hören, wegen zwei der darin enthaltenen Vorstellungen aber würde er ihn sofort annehmen: einmal wegen der preisenden Erhöhung der Türken, zum anderen wegen der Erniedrigung und Beschimpfung der Deutschen.

Manchmal erkläre ich Ali Itır auch zur persona non grata und lasse selbst seine engsten Freunde vor ihm weglaufen. Selbst unbekannte Passanten auf der Straße (das sagt sich nur so, denn sonst kennt ihn natürlich jeder, der alle ihm selbst nicht ähnlichen Personen für eine einzige hält) meiden ihn wie einen Aids-Kranken. Sie zeigen ihm darüber hinaus ganz offen ihren Abscheu und rümpfen unverhohlen die Nase.

Am Ende kommt Ali Itır vor Einsamkeit um. In der Hoffnung, irgendjemanden zu treffen, treibt er sich am Bahnhof Zoo herum, wenn er dort kein Glück hat, springt er auf einen Bus auf und fährt zum Flughafen, wo er auf ein Flugzeug aus der Türkei und ein bekanntes Gesicht wartet, das ihm möglicherweise aus diesem Flugzeug entgegenkommt...

---

[6] Eins, zwei, drei / Es lebe die Türkei / Vier, fünf, sechs / Polen ist versetzt / Sieben, acht, neun / Du deutsches Schwein. *Anm. d. Übers.*

Dafür, daß ich das tue, gibt es meiner Meinung nach einen wichtigen Grund: Ich bin wütend auf Ali Itır, dem ich einfach alles mögliche zugeschrieben habe. Ich bin wütend auf ihn, weil er nachts beim Gang zur Toilette aufgestampft ist und das Parkett knarren ließ, weil er nicht Geige spielen kann, weil er keinerlei Hemmungen hat, den Menschen die unmöglichsten Sachen ins Gesicht zu sagen und sie zu kränken, und weil er mir ständig widerspricht.

Ja, er hat einfach allem widersprochen, was ich ihm zugeschrieben habe. Immer von neuem sagt er: »Aber ich bin doch gar nicht er.« Das ist es, was mich unruhig macht.

Meine Phantasie hat sich verselbständigt.

Wie alle blödsinnigen Beschäftigungen in meinem Leben hielt ich auch das für eine Art Zeitvertreib.

Ich hatte vergessen, wieviel Zeit inzwischen vergangen war. Es mußte schon lange her sein, daß ich mein Essen bestellt habe, denn die »Paris Bar« ist jetzt nicht mehr so voll. Ingrid Caven, die, an die Bar gelehnt, allein ihren Champagner getrunken hat, ist verschwunden. Am Tisch von Maler Markus sitzen nur noch zwei Personen, die Stimmung, die vorhin an dem Tisch geherrscht hat, ist verflogen, und die Zurückgebliebenen starren gedankenverloren in ihre Gläser. Einige andere Gäste folgen den Kellnern mit Blicken, um bezahlen und gehen zu können, doch gerade, wenn sie die Rechnung verlangen wollen, können sie es sich doch nicht verkneifen, eine letzte Runde Calvados oder Cognac zu bestellen.

Herr Breslauer erscheint an der Küchentür mit Tellern in der Hand. Diesmal steuert er auf mich zu.

»Verzeihen Sie die Verspätung, der Koch hat die Reihenfolge der Bestellungen durcheinandergebracht«, wirft er halbherzig zur Entschuldigung hin und stellt

die Teller sorgfältig auf den Tisch. Er entfernt sich eilig, holt den Wein, der schon lange auf der Bar steht, und zeigt mir das Etikett. Er entkorkt die Flasche und schenkt mir einen Schluck zum Probieren ein.
»Hmmm, köstlich...«
Er füllt das Glas und sagt: »A votre santé, Monsieur.«
»Danke.«
»Guten Appetit.«
Das also hatte ich bestellt. Ich habe wirklich nicht mehr gewußt, was ich bekommen würde. Ich war einfach mit dem Finger die Speisekarte entlang gefahren und hatte auf eine beliebige Nummer gezeigt: Paté Maison, grisettes d'agneau sautées, sauce abricot, courgettes glacées.

In diesem Moment ist mir, als wäre ich in der Provence. Laßt mich doch in Ruhe! Was geht mich Ali Itır an? Leicht gesagt. Während ich das Essen probiere, kann ich es doch nicht lassen, an die vergangenen Zeiten zu denken, als ich ebenfalls hier, noch dazu am selben Tisch saß, Wein trank und an Ali Itır dachte.

18

Trotz all seiner Entschlossenheit fühlte sich Ali Itır Dr. Anders gegenüber befangen. Seine inneren Schwankungen hatten sein gesamtes Denken erfaßt und ihn nahezu blockiert. Als er die Fragen des Arztes beantwortete, sprang er von einem Thema zum anderen und verwirrte seinen Zuhörer, weil er sich einfach nicht an die zeitliche Abfolge der Ereignisse halten konnte: Mußten einem Menschen, der mit jeder neuen Lüge jemand anderem schadete, denn nicht irgendwann einmal Gewissensbisse überkommen? Was für eine Gewissenlosigkeit das doch war!

Nachdem er sich mit solchen moralischen Verallgemeinerungen selbst verurteilt hatte, fuhr er in andeutungsvollen Sätzen fort: Es gibt im Leben göttliche Phänomene, das kann keiner leugnen. Wäre ich wirklich er, so gäbe es keine Probleme mehr. Dann könnte ich sagen, ich habe das und das getan, ich bereue es und wäre gerettet. Ich bereue auch jetzt, aber nicht, weil ich er wäre, sondern weil ich nicht er bin und trotzdem nie widersprochen habe. Weil ich mich darein geschickt habe. Ich weiß, das war der größte Fehler meines Lebens. Das habe ich auch Brigitte gesagt, aber auch sie hat sich damals mit diesem Spiel abgefunden. Ja, es war alles ein Spiel, es war so bequem für uns; um unsere Ruhe zu haben, haben wir das, was geredet wurde, hingenommen. Ich will ehrlich sein: Die Gerüchte gefielen mir auch ein wenig. Ich wurde durch sie zu einer unvergleichbaren Persönlichkeit. Die Leute blickten mir ins Gesicht und erzählten, wozu ich alles fähig sei. Das verwunderte und erfreute mich, wissen Sie...

Dr. Anders hörte ihm zunächst geduldig zu, bat ihn dann aber, um ihn zu lenken, von seiner Kindheit und unvergeßlichen Erinnerungen zu sprechen, die Spuren bei ihm hinterlassen hatten.

Ali Itır schlug die Augen nieder und blickte lange schweigend zu Boden. Dr. Anders wartete gespannt darauf, daß er aus undurchsichtigen Tiefen etwas hervorkramen werde, doch vergeblich. Ali Itır sah vor sich hin, blinzelte mit den Augen, zog hin und wieder die Nase hoch, sagte aber kein Wort. Die Stille zog sich in die Länge. Dr. Anders wurde ungeduldig und überlegte, mit welcher Frage er wohl seine Zunge lösen könnte.

Plötzlich rief Ali Itır: »Die Pappeln. Aus meiner Kindheit ist mir eine Pappelreihe in Erinnerung, eine Reihe kerzengerader Pappeln, die im Wind seltsam raschelten.«

»Und sonst? Woran erinnern Sie sich im Zusammenhang mit den Pappeln?« Dr. Anders hatte wieder Hoffnung.

»Nichts, Pappeln eben, das ist alles.«
»Was bedeuten diese Pappeln für Sie?«
»Nichts.«
»Vielleicht haben Sie da etwas erlebt... Denken Sie genau nach.«
»Nein, nichts.«
Ali Itır schwieg wieder.

Dr. Anders stellte zwar noch einige trickreiche Fangfragen, aber aus Ali Itırs Mund kam kein Wort über seine Kindheit und seine Vergangenheit in der Türkei. Kurzangebunden tat er die Fragen ab: »Damals gab es nichts Wichtiges in meinem Leben.« Dr. Anders spürte in seinem Ton so etwas wie eine Ermahnung, keine Zeit mit weiterem Bohren zu verschwenden. Er begriff, daß weitere Hartnäckigkeit umsonst sein würde. Ali Itır nahm sein Leben in der Türkei nicht weiter wichtig und sah keinen Sinn darin, sich damit zu beschäftigen.

Er will sich nicht erinnern, dachte Dr. Anders, seiner Meinung nach hat das eigentlich bedeutungsvolle Leben für ihn erst begonnen, nachdem er hierher gekommen ist, daher versucht er, alles Vorherige zu vergessen.

Währenddessen war Ali Itır ein Satz aus dem Mund geschlüpft, der den Gedanken des Arztes einen neuen Aspekt hinzufügte: »Was soll's«, sagte er, »unsere vergangenen Leben gleichen sich doch sowieso alle.« Dann sah er Dr. Anders ins Gesicht, als wolle er sagen: »Wieso willst du es denn erfahren? Weißt du es etwa noch nicht?«

Dr. Anders hatte hin und wieder andere türkische Patienten gehabt. Die meisten von ihnen faßten ihre Sorgen lapidar zusammen – »Ich hab' so eine Beklemmung in mir« – und erwarteten von ihm, daß er ihnen ein Medikament verschreibe, das die Beklemmung lösen würde. Auf seine Fragen antworteten sie jedoch ganz anders als Ali Itır. Sie priesen ihr Leben in der Türkei in den höchsten Tönen, mit einer bunten Flut von Einzelheiten, wenn er sie jedoch nach ihrem hiesigen Leben fragte, schwiegen sie sich aus. »Es ist immer dasselbe, die Tage vergehen, ohne daß sich etwas verändert«, sagten sie und behaupteten, da gäbe es nichts Wichtiges zu erzählen.

Als Dr. Anders sein Gedächtnis abklopfte, um sich an die Erzählungen dieser Patienten zu erinnern, merkte er plötzlich, daß sie trotz Einförmigkeit der Erzählweise (was Wortwahl und Ausdruck anging) reich an Einzelheiten waren und einander dennoch alle glichen. Ja, es gab viele Einzelheiten, aber das Ganze, das aus diesen Einzelheiten zusammengefügt wurde, war immer gleich. Es wiederholte sich immer wieder. Mit wenigen Variationen waren es immer wieder Kopien desselben Schicksals.

Ali Itır schwieg. Dabei war er, als er in die Praxis kam, fest entschlossen gewesen, alles zu erzählen. Dr. Anders hatte ihn mit seinen unerwarteten Fragen völlig durcheinandergebracht; jetzt überlegte er, wo und wie er anfangen sollte, auf seine Weise zu erzählen.

Dr. Anders hingegen wartete darauf, daß Ali Itır wie alle anderen bald genug haben und verlangen würde: Bitte verschreiben Sie mir ein Medikament, damit es vorbeigeht. Er hatte bereits damit begonnen, Ali Itır in eines der Klischees in seinem Kopf einzuordnen, die sich kaum voneinander unterschieden.

19

Dr. Anders dachte zunächst an den Döner-Verkäufer neben der Apotheke, bei dem er manchmal im Stehen ein Döner Kebap aß. Er sah aus wie ein Gauner, er sah seinen Kunden, insbesondere den Kundinnen, tief in die Augen, wenn er nach ihren Wünschen fragte, und wendete den Blick auch nach der Bestellung nicht gleich ab. Die Namen der bestellten Sachen, egal ob Döner, Pide oder Cola, blieben eine Zeitlang in der Luft hängen, als seien es unverständliche Wörter, erst dann drangen sie ins Gehirn des jungen Mannes ein. Manche Kunden fragten irritiert: »Hast du denn nicht verstanden, was ich gesagt habe?« (ja, sie duzten ihn wirklich) und wiederholten ihren Wunsch mit erhobener Stimme. Dr. Anders war zu der Überzeugung gelangt, daß der Döner-Verkäufer den Leuten nicht aus Böswilligkeit, sondern aufgrund einer Wahrnehmungsstörung so ins Gesicht starrte. Einmal daran gewöhnt, nahm er keinen Anstoß mehr an dem Verhalten des Mannes. Sie mochten sich. Zumindest meinte Dr. Anders das; er fühlte sich in diesem Laden nicht fremd. Wenn er seinen Döner gegessen hatte und bezahlte, fragte ihn der Döner-Verkäufer jedesmal: »Türkisch Döner schmeke gut, ja?« Dr. Anders bejahte diese freundschaftliche Frage mit einem ruhigen Lächeln, das seine Bekannten sonst nicht immer in seinem Gesicht sehen konnten.

»Hakikaten, schmeckt sehr gut.«

Außerdem hatte der Döner-Verkäufer es sich angewöhnt, sich über den Glastresen zu beugen und Dr. Anders unbedingt die Hand zu drücken, bevor dieser hinausging.

Dr. Anders bemerkte, daß der Döner-Verkäufer in dieser kalten bleiernen Stadt, unter all den mürrischen, selbstgefälligen Deutschen sehr einsam war und keinen wirklichen Freund fand. Manchmal kam gerade beim Hinausgehen ein anderer Kunde dazwischen, der Döner-Verkäufer blieb an dessen Lippen hängen und vergaß dann, Dr. Anders die Hand hinzustrecken. Doch Dr. Anders vergaß es nicht. Er hatte an dieser Gewohnheit Gefallen gefunden. Manchmal beklagte er sich bei dem Döner-Verkäufer sogar über seine eigenen Landsleute, die er als »egoistische Geschöpfe fern jeder Menschlichkeit« bezeichnete. Er wollte sich von der Masse, von der er glaubte, daß alle Ausländer sie so sähen, unterscheiden und zeigen, daß er im Gegensatz dazu ebendieselben Gefühle und Verhaltensweisen der Minderheit teile, der auch der Döner-Verkäufer angehörte und in der spontane, reine, menschliche Beziehungen noch nicht verloren waren. Eines Tages jedoch blieb Dr. Anders' Hand in der Luft hängen; obwohl der Döner-Verkäufer keinen anderen Kunden zu bedienen hatte, drehte er Dr. Anders den Rücken zu und machte sich daran, dünne Scheiben von der gerösteten Oberfläche des Fleischspießes abzusäbeln.

Dr. Anders hatte jetzt keine Zeit, sich den Kopf über die Beweggründe des Verkäufers zu zerbrechen, er erinnerte sich nur kurz an diesen Vorfall und versuchte, sich die anderen Türken zu vergegenwärtigen, die er kannte. Auf einmal wurde ihm klar, wie viele es waren: auf den Straßen, in Kaufhäusern, in Imbiß-Buden, auf U-Bahnhöfen, in Wartesälen, auf Gängen und an Türschwellen, in Peep-Shows, auf Märkten, Flughäfen, in Hotels, Restaurants, auf Gewerkschaftstreffen und 1. Mai-Demonstrationen, sie waren einfach überall. Die Männer: schnurrbärtig, mit gerunzelten Augenbrauen, finsteren, niemals lachenden Gesichtern, Filzhüte auf den Köpfen, kleine Gebetsketten in den Händen, mit angeberischem Gang, wenn sie allein waren. Die Frauen: in Mänteln, mit Kopftuch, ungeschminkt, matt, klein, kugelrund, Plastiktüten in den Händen, die Schuhe schienen bei jedem Schritt von ihren Füßen fliegen zu wollen... Es waren solche Bilder, die Dr. Anders vor Augen traten; die, welche diesen Bildern nicht entsprachen, hatte er gar nicht erst als »Türken« wahrgenommen, und darüber empfand er eine egoistische Genugtuung.

Nachdem er sein Praktikum hinter sich hatte und allmählich die allzu starren Ansichten aus der Studentenzeit abzulegen und die ersten zögernden Schritte in die bürgerliche Welt zu machen begann (es war im Spätherbst 1972, in Bonn hatten Staatssekretär Egon Bahr und sein DDR-Kollege Michael Kohl im Gobelinsaal des Kanzleramts – auf dem Gobelin war zu sehen, wie Moses auf wundersame Weise Wasser aus einem Fels entspringen läßt – den Grundlagenvertrag paraphiert, von da an war die DDR für die Bundesrepublik nicht mehr die Zone oder ein Konstrukt, sie war ein unabhängiger, in sich abgeschlossener Staat und dennoch nicht Ausland, und die auf diese Weise juristisch besiegelte Zweiheit war im Grunde ein entfernter Schritt zur Einheit), da fing Dr. Anders auch an, dieselben Zeitungen und Zeitschriften zu lesen wie das normale Volk. Diese Zeitungen und Zeitschriften brachten in jenen Jahren oftmals dickgedruckte Schlagzeilen wie »Die Türken kommen«, die beim Leser sofort Bilder wie diese erweckten: Eine Horde, deren Mitglieder alle gleich geschnittene, häßliche Gesichter mit riesengroßen Schnurrbärten haben, seltsame Spitzhauben oder Turbane auf dem Kopf tragen und in den hocherhobenen Händen tödlich glitzernde breitklingige Krummschwerter, offensichtlich bereit, den erstbesten Kopf mit einem Schlag wie eine Wassermelone zu spalten, zieht schreckliche Schreie ausstoßend übers Land, brandschatzt, plündert und hinterläßt nichts als qualmende Ruinen, die von Käuzchen bevölkert werden. (Dr. Anders erinnerte sich an einen Titel unter den Büchern seines Vaters, eines bescheidenen Dorfpredigers – damals haßte er seinen Vater und alle anderen jener Generation noch nicht als »Kollaborateure« –, einen in Fraktur gesetzten, schwer lesbaren Text, der seine Phantasie in größere Bewegung versetzt hatte: *No. XXI. EDICT von Monathlichen Buß-, Fast- und*

Beth-Tagen auch Wochentlichen Beth-Stunden wegen des Türcken-Kriegs, von 9. April 1664. Mit einem bitteren Lächeln gedachte er auch der Angst, die der Inhalt in seiner kindlichen Seele geweckt hatte, und daß er seine Zuflucht bei der geheimnisvollen Macht dessen gesucht hatte, von dem der Erlaß diktiert worden war: *Friderich Wilhelm, von Gottes Gnaden, Marggraff zu Brandenburg, des Heil. Römischen Reichs...*
Während Dr. Anders über all das nachdachte, drängte sich auch noch ein knüppelharter Witz zwischen seine Gedanken: »Die Türken dürfen jetzt wieder Messer tragen. Und zwar im Rücken!«
Über sein Gesicht glitt ein Haßschauer, gleich darauf aber lieferte er ein Beispiel seiner berühmten Bescheidenheit: Ich schäme mich für die Deutschen, dachte er im stillen. Er spielte nervös mit dem Stift in seinen Händen.

20

»Ich habe deine klischeehaften Ansichten satt, du bist richtig bürgerlich geworden, ich hasse dich«, platzte Annelie plötzlich heraus. »So gleichmütig kann man doch überhaupt nicht sein, was ich auch sage, du hast eine Antwort parat: Ich rede von den Ausgebeuteten: du fragst, was für Ausgebeutete, und schaust mir naiv in die Augen; ich sage, die Arbeiterklasse: du antwortest, denen geht es doch allesamt bestens, die überlegen nur, ob sie nach Mallorca fahren oder welches Auto sie sich kaufen sollen; ich spreche von den Entwicklungsländern und von Hunger: du sagst, da hast du recht, laß uns etwas spenden, und schon hast du ein gutes Gewissen; ich sage Sozialismus: du hältst mir entgegen, schau doch mal rüber, auf die andere Seite der Mauer, und erzählst mir von deiner alten Tante dort; ich sage Demokratie: du sagst, ich könne mich verteidigen, wie ich wolle; aber warum zwingen sie mich denn, mich zu verteidigen, frag ich dich: um deine Unschuld zu beweisen, antwortest du; ich sage, sie setzen uns jeden Gedanken, den sie wollen, wie ein Muster in den Kopf: wer denn, fragst du; der Konsumterror, sag ich: du hörst mir gar nicht zu und schaltest den Fernseher ein; sie zerstören auch die letzten Reste von Kultur in unserem Kopf, sage ich: dann verwenden wir eben keine Waschmaschine mehr, sagst du nur; die Moral der Industrieländer darf nicht zur absoluten Moral der Welt werden, sage ich: du grinst mich nur widerwärtig an und gibst so ein unsinniges Zeug von dir: Soll man den Menschen als Strafe die Hände abhacken? Sollen sie sich vor dem Bild eines Despoten verbeugen müssen? Die Zivilisation ist ein Ganzes. Dann tust du das Thema mit zynischem Spott ab, Christopher Kolumbus habe doch auch den Wilden in der Neuen Welt die Zivilisation gebracht, oder in der Art. Ist denn alles so einfach? Sag mal, ist es so einfach? Du glaubst ja selbst nicht, daß es so einfach ist.«

Annelie schrie derart, daß Dr. Anders bei aller Gelassenheit Angst vor ihr hatte.

»Für dich ist es vielleicht leicht, aber für mich nicht.«

Ihre Aggressivität von vorhin war verflogen, sie sprach nun mit einem Seufzer, wie ein unschuldiges Kind. Versöhnungsbereit. Nein, eigentlich möchte sie wieder reden wie früher, bis tief in die Nacht, mit Missionseifer, möchte wieder lang und breit über diese Themen diskutieren, an deren existentielle Bedeutung sie gemeinsam geglaubt hatten. Sie möchte die unsichtbare Mauer zwischen ihnen beiden einreißen, die von Tag zu Tag undurchdringlicher wird, wie ein Monument der Sinnlosigkeit. Sie möchte dem Labyrinth entfliehen, in dem sie gegenseitig ihre Seele voreinander verstecken. Wie gerne möchte Annelie in diesem Moment getröstet werden! Aber Anders kommt ihr überhaupt nicht entgegen.

»Drück dich doch noch tiefer in deinen weichen Sessel, Hauptsache, du hast es warm und gemütlich, ich werde den Kampf auch alleine fortsetzen.« Annelie merkt selbst, daß ihre Worte scheinheilig sind, und sucht nach einem Anlaß, ihre Wut künstlich zu steigern. Zornig steht sie auf, schaltet den Fernseher ab (der Quiz mit einem berühmten Show-Master hat eben erst begonnen) und gießt sich ein Glas randvoll mit Cognac.

Während das kalte Schweigen sich zwischen ihnen hinzieht, überlegt Anders, daß er eigentlich noch genauso denkt wie sie, nur mit dem einen Unterschied: Es scheint ihm bereits zu spät zu sein, ihre Köpfe sind inzwischen mit einem Haufen Klischees gefüllt, und sie können die Wirklichkeit nur noch mittels dieser begreifen, schlimmer noch: Auch die Parolen, an die sie einst glaubten, sind nichts anderes als ein paar Klischees, die die Wirklichkeit anders darstellen, als sie ist, und die eigentliche bittere Wahrheit lautet: Die Köpfe werden nie von diesen Klischees gereinigt werden, wir werden uns gegen die Klischees immer wieder mit neuen Klischees verteidigen. Wir werden widersprechen, anerkennen, uns wundern, neue Klischees erzeugen, unser Ich reinigen, weitermachen eben.

»Du hast recht«, sagt Dr. Anders gelassen, als sei nichts zwischen ihnen vorgefallen, »wir denken in Klischees, aber in der modernen Gesellschaft gibt es dazu noch keine Alternative.«

Er vergißt nicht, sich hinüberzubeugen und Annelie ein Küßchen auf die Lippen zu drücken, um dann das Geständnis zu machen: »Ich weiß, der Mensch wird zufrieden und glücklich, wenn er sich selbst einem Klischee zuordnet.«

Er stockt ein wenig, dann fährt er fort: »Das Gute ist, daß man die Klischees jederzeit durch andere ersetzen kann.«

Jetzt kann er es ohne Scheu sagen: »Ist die ganze Literatur denn etwas anderes als eine Klischeeproduktion? Sag, meine Liebe, macht der Dichter, den du so schätzt, nicht auch nur genau das?«

21

»Wo ist der charakterstarke Mensch von einst, der jeder noch so schweren Prüfung standhielt und sich selbst immer treu blieb? Wenn sich bei ihm eine Veränderung ereignete, so konnte es sich nur um eine jener tragischen Umwälzungen handeln, die seine solide Welt zum Einstürzen brachten, es mußte eine Zeit der Hölle sein, wo wilde Fluten riesige Bäume mit den Wurzeln ausrissen, wo der Himmel aufbrach und Vulkane Lava spieen; dennoch leistete er bis zum letzten Rest seiner Kraft Widerstand... Es gibt heute keinen Vater Goriot, keine Anna Karenina mehr, nach denen man solche Romanfiguren schaffen könnte, nicht einmal mehr einen Schriftsteller wie Trigorin in Tschechows ›Möwe‹. Denkt an die Worte, die er im zweiten Akt zu Nina sagt: ›Meine Bekannten, die nach meinem Tod an meinem Grab vorbeikommen, werden sagen: Und hier liegt Trigorin... Er war ein guter Schriftsteller, aber mit Turgenjew konnte er es nicht aufnehmen.‹ Welcher Autor könnte heute seinen Helden so etwas sagen lassen? Selbst ›Lenz‹, den Peter Schneider erst vor zwanzig Jahren schrieb, ist längst zusammen mit der 68er Generation verschwunden. Ach, wo ist er hin, der spindeldürre Lenz, das Gesicht voll weiser Trauer, mit seinem Ideal, die Welt zu verändern, das ihm zur Lebensform geworden war, hin und her gerissen zwischen seiner eigenen Individualität und der Ideologie, an die er glaubte? Könnt ihr mir sagen, wo er jetzt ist? Nein, mein Freund, wir leben in einer Wegwerfgesellschaft, auch Persönlichkeiten sind davon nicht ausgenommen... Daher gibt es keine großen Charaktere mehr in der Literatur. Es werden nur noch gewöhnliche, kleine Geschichten von gewöhnlichen Leuten geschrieben, deren Gerede hohl und deren Handlungen unzusammenhängend sind, durchweg Konfektionsware...«

Der von Annelie geschätzte Dichter lallt unter dem Einfluß großer Mengen Wein, Bier und Cognac und zieht seine Rede immer mehr in die Länge, so daß er den Zuhörern bereits auf die Nerven geht. Episch ausholend hat er begonnen, aber nun ist er erlahmt und seine Stimme brüchig geworden. Die Gäste beschließen, daß es Zeit sei zu gehen, und machen sich nacheinander davon.

Der Dichter sieht auf einem Teller voller Zigarettenstummeln eine Scheibe Wurst liegen, streckt die Hand danach aus, stößt dabei eine halbvolle Bierflasche um, die Bierflasche fällt gegen ein Glas. Das Scheppern weckt für einen Moment seine Aufmerksamkeit, aber er beachtet es nicht weiter. Er schenkt sich gleich ein neues Glas voll und leert es mit angefeuchtetem Schnurrbart in einem Zug.

Annelie sitzt im Schneidersitz zu den Füßen des Autors. Sie lauscht ihm bewundernd, bereit, jedem seiner Worte prophetische Bedeutung zuzuerkennen. Manchmal, wenn sie von ihren Gefühlen überrannt wird, weint sie ein wenig.

Als der Dichter spürt, daß das Interesse an ihm nachläßt, unternimmt er einen neuen Versuch: »Wenn dich plötzlich Langeweile überkommt / nimm ein Buch in die Hand und lies / du wirst sehen / wie sich dein Zimmer auf einmal bevölkert / sieh dir diese Gesichter genau an...« Aber er bringt es nicht zu Ende. Seine Gedanken sind nun vollends trübe geworden. Er beschließt seine Rede klagend: «Ich bin ein alt gewordenes Kind, das nie erwachsen wurde. Was ich schreibe, ist daher entweder Kinderkram oder das Werk eines Verkalkten.»

Annelie klatscht begeistert und etwas wehmütig und sagt ein paar lobende Worte. Einer, der am Klavier in der Pose des genialen, aber unterschätzten Pianisten eingeschlafen ist, springt in diesem Moment plötzlich auf, als hätte man ihm eine Nadel in den Hintern gestochen, und legt sich mit einem Fortissimo-Akkord in die Tasten.

Dr. Anders grübelt immer noch über die Romane, die heute nicht mehr geschrieben werden: Tatsächlich, waren die früheren nicht auch »Klischees«? Mit dem Unterschied, daß die Zeit, in der sie geschrieben wurden, eine andere war. Aber das ändert nichts daran, daß sie Klischees sind. Nur daß die Veränderung der Klischees damals längere Zeitspannen brauchte, denkt er. Er lacht im stillen.

Gegen Morgen waren die meisten gegangen, die Zurückgeliebenen hatten sich hier und da schlafen gelegt. Der Dichter lag rücklings am Boden, bis zur Hüfte unter dem Sofa, und schlief.

Annelie entfernte ihr Make-up, betrachtete sich lange im Spiegel und bürstete sich die Haare, ehe sie aus dem Badezimmer kam. Durch das durchsichtige Nachthemd war ihr nackter Körper zu sehen, ihre Blicke waren ein wenig schmachtend, sie schien sich im Takt einer unhörbaren Weise zu wiegen. Wie um Anders zu reizen, drückte sie ein Buch des »Dichters« an die Brust.

Dr. Anders stand bezaubert aus seinem Sessel auf, trat zu ihr und umarmte sie leidenschaftlich.

Annelie flüsterte neckisch: »Welches Klischee hast du dir jetzt wieder ausgesucht?«

»Ein Dichter, stark wie ein Stier, aber unfähig, noch irgend etwas zu schreiben.«

22

Als er über jene Nacht nachdachte, kam er zu der Überzeugung, daß Dichter unzählige Fallen zu stellen vermögen. Während sie sich auf dem Sofa geliebt hatten, waren ihm nicht Zeilen wie »Der Tulpe Feuer entzündet wieder die nach Ambra duftende Kerze / Jasmin umschlingt wieder den Ast vom Judasbaum«[7] aus dem Mund gesprudelt, um die Geliebte zu beflügeln, noch hatte er »wie ein wilder Stier« seine Kraft beweisen können. All seinen Bemühungen zum Trotz war er damit bald am Ende gewesen und auf Annelie schnarchend in Schlaf gesunken.

Das war auch früher schon vorgekommen, aber in der letzten Zeit war es schlimmer geworden. Er konnte seine Gedanken nicht auf einen Punkt konzentrieren, so sehr er es auch versuchte, wie ein Buchfink flatterte er hin und her. Dr. Anders hatte noch nicht gefunden, wonach er suchte.

Er betrachte Ali Itır, der ihm gegenübersaß. Sein Gesicht zeigte beim Sprechen keinerlei Regung, manche Sätze glaubte er jedoch mit Handbewegungen unterstreichen zu müssen. Und zugleich bemerkte Dr. Anders, während er Ali Itır ansah, wie sich dessen Bild langsam vor seinen Augen auflöste.

---

[7] Frei nach Nefi

Ein junger Journalist und eine von ihm geliebte, schöne Fotografin gehen wegen einer gemeinsamen Reportageserie nach Kreuzberg in ein türkisches Restaurant. Es ist eher eine Kneipe als ein Restaurant. Sie schließen sofort Freundschaft mit dem sympathischen Türken, an dessen Tisch sie sich gesetzt haben. Man gibt sich gegenseitig einen aus. Die Fotografin bittet den Mann um Erlaubnis, ihn zu fotografieren. Da ist plötzlich die Polizei im Lokal. Es gibt einen Tumult. Die schöne Frau fotografiert ununterbrochen. Als sie am nächsten Morgen beim Frühstück die Zeitung lesen, fällt ihnen eine Meldung auf. Es geht um die Polizeirazzia in der vergangenen Nacht. Dabei sei ein Türke mit Heroin gefaßt und festgenommen worden. Der Festgenommene ist der sympathische Türke, an dessen Tisch sie gesessen haben. Das tut ihnen beiden leid, aber da ist nichts zu machen. Als die Fotografin einige Tage später die Fotos für die Reportage entwickelt, kann sie ihren Augen nicht glauben. Auf einem Bild, das in dem Durcheinander während der Polizeirazzia aufgenommen wurde, ist deutlich zu sehen, wie ein Türke mit »niederträchtigem« Gesichtsausdruck dem sympathischen Türken, mit dem sie sich angefreundet hatten, ein kleines Päckchen zusteckt. Sie vergrößern das Foto. Das Bild (auch hier kommt der berühmte Zufall zur Hilfe) wird als hinreichender Beweis für die Unschuld des sympathischen Türken anerkannt, und er wird entlassen. Die Freude der drei kennt keine Grenzen. Sie gehen wieder ins gleiche Lokal und trinken darauf, diese brenzlige Situation glücklich bewältigt zu haben.

(Aus einer TV-Krimi-Serie)

Annelie ging eines Tages in die Änderungsschneiderei gegenüber (früher wurden hier orthopädische Hilfsmittel verkauft), um sich eine Hose kürzen zu lassen. Der Schneider war ein kleiner Mann mit spitzem Kinn und hervortretenden Backenknochen. Während Annelie ihm beschrieb, wie die Hose gekürzt werden sollte, fragte der Mann sie, ob sie einen Tee trinken wolle. Ohne ihre Antwort abzuwarten, rief er einer unsichtbaren Person im Hinterraum zu, sie solle einen Tee bringen. Wenig später wurde der Vorhang, der den hinteren Teil des Ladens von einem dunklen Korridor trennte, zur Seite geschoben, eine Frau kam schüchtern herein, stellte leise eine Tasse mit aufgebrühtem Teebeutel auf den Tisch und verschwand so, wie sie gekommen war, wieder hinter dem Vorhang. Während sie den Tee trank, sah Annelie neben der türkischen Fahne an der Wand noch ein Plakat hängen, einen Aufruf an alle Werktätigen zur 1. Mai-Demonstration.

»Ein Mann mit Bewußtsein«, sagte Annelie über den Schneider, als sie nach Hause kam. »Du wirst sehen, die werden das gesamte Erbe unserer Arbeiterklasse übernehmen. Das ist eine richtige internationale Impfung. Ich werde es der Arbeitsgruppe erzählen, wir dürfen sie nicht vernachlässigen.« Sie diskutierten die ganze Nacht über grenzüberschreitende Solidarisierungsstrategien.
(Anfang der siebziger Jahre)

»Vor den Kontaktbüros in Istanbul kaufen die Türken Flaschen mit ›gesundem Urin‹, um nach Deutschland kommen zu können.« Dazu ein Foto: sechs Türken, die aufgereiht vor einer Moscheen-Silhouette posieren und deren Blicke in einer anderen Zeit hängen.
(STERN-Magazin, 1972)

Als mehr und mehr türkische Patienten in die Praxis von Dr. Anders kamen, begann er, Bücher zu wälzen, um ihr unterschiedliches Verhalten wenigstens ansatzweise zu verstehen. Besonders, was sexuelle Dinge anging, schwiegen sie wie eine Mauer. Auf seine Fragen wurden sie rot, konnten nicht antworten und senkten nur den Kopf. Wenn er nicht lockerließ, bekam er immer wieder die gleichen Worte zu hören: »Ich hab' so eine Beklemmung in mir, Herr Doktor...«

Dr. Anders konnte nicht herausfinden, was das für eine Beklemmung war, verschrieb ihnen je nach Situation entweder ein harmloses Vitaminpräparat oder ein leichtes Beruhigungsmittel und schickte sie nach Hause. Eines Tages kam einer seiner Patienten (an sein Gesicht konnte er sich jetzt nicht mehr erinnern, besser gesagt, er wußte nicht mehr genau, ob das Gesicht, das er ihm zuschrieb, tatsächlich zu ihm oder zu einem anderen Patienten gehörte) freudig angelaufen und verkündete, seine Beklemmung sei verflogen. Er wolle den Doktor (als bescheidene Gegengabe für dessen große Güte) zur Beschneidungsfeier seines Neffen einladen. Es würde ein großartiges Fest werden.

Dr. Anders nahm die nachdrückliche Einladung schließlich an und ging in den Festsaal im Wedding. Er wurde eingeladen, an einem Tisch Platz zu nehmen. Es fiel im auf, daß kleine Mädchen in Abendgarderobe und kleine Jungen in Smoking mit Fliege herumrannten.

Sein ehemaliger Patient brachte nahezu alle Gäste einzeln an seinen Tisch und machte sie mit Dr. Anders bekannt. Dr. Anders mußte allen die Hand schütteln. Es waren auch wunderschöne junge Mädchen darunter, geschminkt wie ihre deutschen Altersgefährtinnen. Die meisten hatten sich Dauerwellen machen lassen. Schließlich wurde der Held dieser Feierlichkeiten auf einer teppichbedeckten Sänfte (genau wie der fliegende Teppich aus Tausendundeiner Nacht) hereingetragen. Vor ihm schwenkten zwei Jungen mit Fliege die türkische Flagge. Das Orchester stimmte »Das ist die

Berliner Luft« an. Der Held war ein richtiger kleiner Prinz: Auf dem Kopf hatte er einen Turban mit drei Federbüscheln, er trug eine weiße Generalsuniform (!), eine mit rotem Atlas gefütterte Pelerine und eine künstliche Boa. In der Hand hielt er würdevoll ein Zepter. Der Gesichtsausdruck leicht staunend. Von den Tischen, an denen er vorbeikam, hagelte es Geschenke, und an einigen floß flaschenweise Whisky (!) auf sein Wohl.

Unter den Türken, denen Dr. Anders auf dieser Beschneidungsfeier begegnete, war auch Ali Itır gewesen. Ja, dachte er jetzt, er war dort, er war einer der Türken, die damals dort anwesend waren...

23

»Nein, ich bin es nicht. Ich bin nicht er.« Ali Itır wiederholte es zum werweißwievielten Mal. Aber das war es nicht, was ihn zur Verzweiflung trieb, wenn nötig, würde er noch hundert, ja tausendmal das gleiche sagen, glaubte er doch, aus seiner Sicht die Wahrheit zu sagen. Allerdings wurde er von jedem, dem er es sagte, mit solchen Vorhaltungen überhäuft, daß er langsam an seiner Gewißheit zu zweifeln begann. Das war es, worüber er nicht hinwegkam.

Auf der großartigen Beschneidungsfeier, die İbrahim Gündoğdu für seinen Enkel Cem ausrichtete, hatte zu fortgeschrittener Stunde auch Dr. Anders seine anfängliche Befangenheit abgeworfen und sogar auf dem Parkett einen Tanz mit der Bauchtänzerin gewagt. Später (jeder lud ihn zu sich an den Tisch ein, man stieß miteinander an, fröhlich und jedesmal unter großem Applaus der Tischrunde, mal auf das Wohl der Deutschen, mal auf das der Türken, sein Ansehen ließ wirklich nichts zu wünschen übrig) sammelte sich ein Haufen

Männer auf der Tanzfläche, sie hoben die Arme, schnippten mit den Fingern und tanzten einige Gruppentänze, zu denen sie ihn ebenfalls überredeten; als er schließlich Blut und Wasser schwitzend zu seinem Tisch zurückging, zupfte einer ihn am Jackett und lud ihn an seinen Tisch ein: »Komm, setz dich auch ein wenig zu mir.« Der Mann war allein und erzählte ihm sonderbare Dinge: »Sieh mal, Doktor« (jeder im Saal wußte inzwischen, daß Anders Arzt war, Doktor hin, Doktor her, die Türken mußten ganz verrückt nach diesem Doktortitel sein), »ich bin der Vetter mütterlicherseits von diesem İbrahim Gündoğdu, der die Feier veranstaltet. Aber ich bin nicht anwesend in diesem Saal. Da staunst du, was? Natürlich, es ist ja auch erstaunlich. Ich bin nicht hier in diesem Saal, denn ich bin gestorben, meine Leiche ist vor Jahren aus dem Landwehrkanal gefischt worden.« (An dieser Stelle lachte der Mann schmerzlich und verlieh damit seiner Erzählung eine noch geheimnisvollere Note.) »Denk bloß nicht, Doktor, daß ich verrückt bin, zwar brachte mein Vetter, dieser İbrahim Gündoğdu, unser aller Stolz, der große Geschäftsmann, der damals noch Schichtarbeiter war, es nicht fertig, meine aus dem Kanal gefischte Leiche eindeutig zu identifizieren; er sagte weder: ›ja, das ist er‹, noch: ›nein, das ist er nicht‹. Dann gründete er eine Export-Import-Firma, weitete das Geschäft immer mehr aus (Gott hat gesagt, seid rührig und mehret euch, auch dazu gibt es eine Geschichte, aber ich will dich jetzt nicht noch mehr verwirren), erst richtete er solche rauschenden Feste zur Hochzeit seiner Töchter aus, jetzt ist sein Enkel mit der Beschneidung an der Reihe, er weiß natürlich auch, daß ich hier bin, er ist sogar zu mir gekommen und hat gefragt, wie es mir geht, er weiß jetzt, wie es wirklich war, aber wenn du ihn nach mir fragst, würde er sagen, ich sei ein Bekannter, er würde sogar meinen Namen nennen, aber er würde nie sagen, daß ich ›er‹, also sein Vetter sei und daß ich noch lebe, da alle glauben, sein Vetter sei gestorben, und da er die Geschichten und Gerüchte, die über mich in Umlauf sind, nicht Lügen strafen will, tut er so, als sei ich in diesem Saal nicht anwesend, ich will dich nicht verwirren, Doktor, es ist eben Ironie des Schicksals, mein Geschick will es eben, daß ich bin und zugleich nicht bin. Jetzt sag mir ehrlich, ob du das alles glaubst, Doktor? Du glaubst es nicht, du glaubst es nicht, ich weiß es...«

Langsam glaubte Dr. Anders zu verstehen. Aber dann nahm er sich zusammen und fragte sich, was er da eigentlich verstand. Als Antwort fiel ihm eine Metapher ein: Ich gehe in der Dämmerung über eine Brücke, die Brücke endet, ich stehe an ihrem Ende, aber ich bin noch nicht am gegenüberliegenden Ufer angelangt, denn die Brücke endet im Leeren. Ich schaue zum anderen Ufer hinüber und erreiche es nicht.

Aber was wollte er mit dieser Metapher erklären? Sich selbst oder seinen Patienten Ali Itır, der ihm seine Beklemmungen verständlich zu machen suchte? Dr. Anders ließ diese Frage unbeantwortet.

24

In seiner wachsenden inneren Unruhe unternahm Ali Itır einen neuen Anlauf, bis zum Schluß wollte er sein Glück versuchen. »Jetzt kommen viele Fragen auf«, sagte er und lächelte schmerzlich, »denn im Kopf eines Menschen liegen bezüglich jedes Menschen, dem er begegnet, zahlreiche Fragen und Antworten bereit. Jeder greift die Frage auf, die er will, und gibt auch die Antwort darauf, die er will. Ist sein Gegenüber mit dieser Antwort zufrieden, so ist der Antwortende beruhigt. Beunruhigt ist er, wenn seine Antwort abgelehnt wird.«

Er dachte nach. Plötzlich begriff er, daß auch Dr. Anders wie alle anderen in seiner Umgebung ihn anders sah, als er sein wollte. Mit nachlassender Lust fuhr er fort: »Sehen sie, vor langer Zeit habe ich in Kreuzberg ein junges Mädchen namens Brigitte kennengelernt. Sie war noch sehr jung, arbeitete aber in einem Massagesalon. Viele Türken kannten sie. Brigittes Vorbilder waren Filmstars, sie versuchte, in Kleidung und Verhalten sich ihnen anzugleichen, jeden Tag war sie das Abbild eines anderen berühmten Stars. Sie lebte in einer anderen Welt, die sie sich selbst im Kopf zurechtgezimmert hatte. Manchmal ging sie in türkische Lokale und ließ sich Asbach-Cola ausgeben. Woher ich das alles weiß? Unter all den Türken in ihrer Bekanntschaft war ich es, der sie am besten kannte. Ich will nicht sagen, sie sei meine Freundin gewesen, aber etwas in der Richtung. Ich ging sehr oft zu ihr, sie hatte keine Geheimnisse vor mir. Ihre Familie und ihre gleichaltrigen Freunde im Viertel durften nichts von ihrer Arbeit erfahren. Aber mit der Zeit kamen die Gerüchte auch ihnen zu Ohren. Brigitte war deswegen beunruhigt. Bei aller Intimität mit Türken erzählte sie doch schlimme Geschichten über sie. Sie verteidigte sich auf ihre Art gegen den Klatsch. Eines Tages verbreitete sie das Gerücht, ein Türke habe sie gezwungen, mit zu ihm nach Hause zu gehen, und sie in einem nach Zwiebeln und feuchter Wäsche stinkenden Zimmer vergewaltigt. Es stimmte natürlich nicht, und es glaubte ihr auch keiner. Auf die Frage, wer es gewesen sei, antwortete sie nur: ›Eben so ein Türke.‹ Dann wurde eines Tages im Landwehrkanal die Leiche eines Unbekannten gefunden. Brigitte suchte ja nach einem Täter, also sagte sie kurzerhand: ›Das war er, der hat mich entführt und vergewaltigt.‹ Keiner wollte ihr glauben. Als ich wieder einmal bei ihr zu Besuch war, erzählte sie auch mir diese Geschichte, wer weiß, wem sie das noch alles erzählt hat, jedenfalls sah ich, das Mädchen glaubte wirklich, was es da erzählte, und wollte auch mich unbedingt überzeugen. Na gut, Ali Itır, sagte ich mir, dann tu doch einfach so, als würdest du ihr glauben. Um ihr Mut zu machen, begann ich, ihr etwas vorzuspielen. Brigitte, sagte ich, warum erzählst du mir das alles? Du weißt doch, diese nicht identifizierte Leiche war ich. Nun ist also der Mann bekannt, der dich besudelt hat, jetzt kannst du mit mir schlafen, ohne Angst zu haben, denn diese Person gibt es und zugleich gibt es sie nicht, jetzt kann dein Gewissen ruhig sein... Hurra! rief sie und freute sich wie ein Kind: Du bist der beste Mensch, den ich kenne, aber leider gibt es dich, und doch gibt es dich nicht, du bist eine identitätslose Leiche... Wir spielten dieses Spiel unentwegt, und sie erzählte diese Geschichte jedem Erstbesten mit allen möglichen Ausschmückungen... Selbst diejenigen, die es nicht glaubten, taten so, als glaubten sie ihr, um sie nicht zu verletzen. Ich fühlte mich ebenfalls erleichtert. Wenn ich mit ihr schlief, war ich nicht ich. Diese Geschichte bewirkte, daß auch andere mich, das Ich nämlich, das ich gar nicht war, so sahen, wie es ihnen paßte, und ihre Erfindungen über mich in die Welt setzten...«

Ali Itır hatte das alles nur so hinerzählt. Übertreiben gehörte zu seinem Wesen, insgeheim war er stolz darauf. Er schwieg, wie um abzuschätzen, welche Wirkung seine Worte hatten, und beobachtete sein Gegenüber aufmerksam. Er suchte in dem Gesicht nach einem Hinweis auf dessen Gedanken. Bald hatte er gefunden, wonach er suchte: Sein Gegenüber hörte ihm gar nicht zu. Das machte ihn verrückt. Wie im Delirium schrie er immer wieder: »Ich bin nicht er. Ich bin nicht er.« Als er sich beruhigt hatte, nahm sein Gesicht wieder den unschuldigen Ausdruck an, der bei allen das Gefühl erweckte, ihm helfen zu müssen.

Dr. Anders erzählt: »Ali Itır erfand sich eine neue Biographie, eine Biographie, die alle in Staunen versetzen sollte. Ich habe darauf geachtet: Immer wenn er von sich erzählte, schien er von einer Person aus Gerüchten zu reden. Er hatte sich selbst in eine Gerüchtepersönlichkeit verwandelt. Nun, da er dies war, konnte er die unmöglichsten Dinge tun. Er konnte alle seine Gedanken und Phantasien furchtlos verwirklichen. Es war eine seltsame Art von Freiheit, sie machte trunken. Hatte er sie wirklich gewollt? Ich glaube es nicht. Die Dinge hatten sich einfach so entwickelt. Ohne ihn. Er hat diese Entwicklung lediglich unterstützt und geschwiegen, vielleicht die einzige große Lüge seines Lebens. Dieses Schweigen bis heute ist wichtig. Er hat es nicht eher gebrochen, bis die zur Lawine angewachsenen Gerüchte ihn zu erdrücken drohten. Jetzt wollte er sich dieser Persönlichkeit entledigen. Er war es leid, eine Person aus Gerüchten zu sein. Er wollte wieder einer werden, der herumgestoßen wird, der in Phantasien versinkt, traurig ist, Hunger verspürt, wenn er nicht ißt, der liebt und haßt. Er versuchte es auch, aber er hatte sich nun einmal vom Leben gelöst. Mit der Gerüchtepersönlichkeit hatte er von heute auf morgen auch die schützende Rüstung abgelegt. Auf der Suche nach einer neuen Rüstung klammerte er sich an die Religion. Daraufhin begann er, sein gesamtes Leben und sein Gewissen ins Kreuzverhör zu nehmen, und die Gebote der Religion zwangen ihn zur Beichte. Das Schlimme daran war: Er wußte nicht, was er beichten sollte. Sein einziger Wunsch war, unter Kontrolle zu haben, was die anderen über ihn dachten, und sie dazu zu bringen, ihn so zu sehen, wie er sich selbst sehen wollte. In der Andersartigkeit seiner Andersartigkeit seine Originalität zu beweisen. Darin ist der tragische Zusammenbruch begründet: Das hat bis jetzt noch niemand geschafft, und auch er wird es nie schaffen...«

So erzählte Dr. Anders. Obgleich er anfangs selbst von einem ungewöhnlichen Fall gesprochen hatte, demonstrierte er jetzt Gleichgültigkeit: »Sie sind sich alle gleich. Ali Itırs Geschichte ist nur eine von Tausenden ähnlicher Art. Ich finde nichts Originelles daran. Sie könnte höchstens ein Muster für tausend andere abgeben... Und das liegt nur daran, daß er auf intelligente Weise auszudrücken vermag, was er will.«

25

Was geht mich Ali Itır an? Was geht mich die Diagnose von Dr. Anders an? Was geht mich der Schauspieler an, der Ali Itır spielt? Ja, er hat seine Rolle diesmal gut geprobt und spielt den Schauspieler, aber mich kann er nicht betrügen.

Ein guter Ausländer ist eine Kopie dessen, der den Ausländer in ihm sieht. Ein schlechter Ausländer dagegen hat keine Ähnlichkeit mit dem, der den Ausländer in ihm sieht. (Ach, diese Gedanken, die auf meinen Kopf einstürmen! Würde ich sie doch nur für einen Moment los!)

Ich habe gewußt, daß es so kommen würde, obwohl ich es nicht wollte.

Ich bin fertig mit dem Essen. Jetzt trinke ich den zweiten Calvados. Ich sitze da und warte mit eiskaltem Gesicht. Die Gäste, die in der »Paris Bar« sitzen, die hier sind, um gesehen zu werden, die ihre Rechnung bezahlen und gehen, die neu ankommen, sie alle interessieren mich überhaupt nicht. Ich lasse mich wieder von unendlicher Melancholie gefangennehmen.

Was ist nur los mit mir?

Ich erinnere mich, daß ich es tagelang vermied, mir diese Frage zu stellen. Ich erinnere mich auch an andere Sachen. Jetzt spricht man von der Beschneidungsfeier, die İbrahim Gündoğdu für seinen Enkel ausrichtete, ich hingegen erinnere mich an die Hochzeitsfeier seiner kleinen Tochter, eine Hochzeit, die zum Alptraum wurde. Die Ereignisse reißen plötzlich für mich ab und verlieren sich im Ungewissen; ich erinnere mich, wie ich aus jenem seltsamen Saal im Hinterhaus und von den dort versammelten Gästen weglaufe. Zuerst gehe ich auf den nach Urin stinkenden Hinterhof, dann hinaus auf die Oranienstraße. Draußen hat es angefangen zu regnen, Wind tobt, ein gräßliches Wetter. Ich lächelte triumphierend. Von jetzt ab immer triumphierend. Oh du großer Türke! Vermutlich kannst du dich nicht länger an der Grenze hin und her bewegen, du überschreitest nun die Grenze.

Ich erinnere mich, daß ich so dachte.

Dann erinnere ich mich noch, wie ich mich selbst mit jemandem verglich, der über eine falsche Brücke das falsche Ufer betreten hat und dort nach seinem verlorenen Schatten sucht. Ich bewege mich noch immer in diesem Bild. Noch immer bin ich der Einsamkeit und der Melancholie ergeben. Ich sitze in der »Paris Bar«, Calvados am Gaumen, nehme tiefe Züge von der Havanna, der blaue Rauch steigt in die Luft und bildet Spiralen, um sich schließlich aufzulösen. Plötzlich begreife ich, daß auch Einsamkeit und Melancholie eine Art von Glück sind. Da lächle ich wieder triumphierend.

Ohne die *tarte aux poires* zu essen, die ich zum Nachtisch bestellt hatte, bezahle ich meine Rechnung und gehe hinaus. In dieser sternlos kalten Nacht gehe ich die Kantstraße entlang zum Savignyplatz.

II.
Nacht

Nacht

In der Nacht lausche ich ihren Stimmen
Die Häuser, müde gewiß
lassen noch etwas erahnen
von ihrer Jugend, der Frische von einst

Unermüdlich hat sie kopiert
von überallher, aus allen Epochen
War stolz auf ihre Neigung zum Prunk
nie überdrüssig der unablässig wiederholten
                Provinzialität

Eigentlich fallen auf einen Tag zwei Nächte
in denen sie all die Jahre
Vorstellungen von sich selbst erzeugt
um endlich zu erkennen, daß sie eine Ruine ist

Ich schreite auf ihrer Dunkelheit
Ein entsetzlicher Schrei bricht los
Die Nacht zerreißt, aber es bleibt
dämmrige Leere hinter Fenstern im Wind

Ein Knäuel von Trauer und Schmerz ist diese Stadt
seit eh und je
mit einer Leidenschaft für utopischen Enthusiasmus

1

Du darfst keinen Fehler machen. Das mußt du zuallererst lernen. Wenn du die Straße bei Rot überquerst, machst du dich schuldig. Wenn du ein Verbotsschild übersiehst, machst du dich schuldig. Wenn du im Winter am vereisten Kanalufer ausrutschst und fällst, machst du dich schuldig. Wenn du mit einem Beamten im Dienst mit erhobener Stimme sprichst, machst du dich schuldig. Wenn du im Bus jemandem auf den Fuß trittst und dich nicht entschuldigst, machst du dich schuldig.

Personen, die du nicht kennst, mußt du mit »Sie« anreden.

Du darfst dich nicht ärgern, wenn du außer Atem an der Bushaltestelle angelaufen kommst und der Busfahrer dir die Tür vor der Nase zumacht und ohne dich abfährt, oder wenn an der Kasse, an der du im Supermarkt Schlange stehst, ausgerechnet dann die Spule ausgeht, wenn du drankommst, so daß du dich woanders von neuem anstellen mußt. Wenn du beschimpft wirst, weil du etwas Verbotenes getan hast, darfst du nicht widersprechen. Wenn du beim Spielen verlierst, darfst du nicht traurig sein.

»Guten Morgen, Herr Itır.«
»Guten Morgen.«
»Kann ich Ihren Ausweis sehen?«
»Ach, ich hab' ihn wohl zu Hause gelassen. Er muß in meinem anderen Jackett stecken.«
(Du sollst ungefragt keine unnötigen Erklärungen abgeben.)
»Entschuldigung, dann kann ich Sie nicht hineinlassen.«
»Aber Sie kennen mich doch...«
(Du darfst nicht auf etwas bestehen, wenn du weißt, daß es vergeblich ist.)

»Ich kenne Sie zwar, aber woher soll ich wissen, daß Sie wirklich Ali Itır sind, wenn Sie keinen Ausweis bei sich haben?«

Wenn du morgens zur Arbeit kommst, darfst du deinen Ausweis nicht zu Hause vergessen; wenn du ihn dennoch vergißt, mußt du deinen Fehler sogleich zugeben, denn die Bürokratie akzeptiert nur den Personalausweis an deiner Stelle.

Das alles wußte Ali Itır inzwischen längst.

Eine süße Schläfrigkeit breitete sich in seinem Kopf aus und ließ alles ganz normal erscheinen.

Er hatte mehrere Stunden lang Billard gespielt, aber seine Finger waren heute völlig hölzern, sein Körper fühlte sich an wie ein Zementklumpen, plump und schwerfällig; verflogen war die frühere Gelassenheit, die innere Ruhe, in der kein Blatt sich regt, wenn er sich über den Tisch beugte und vorsichtig zielte, um den besten Winkel abzupassen; das Queue war nicht die natürliche Verlängerung seines Körpers, sondern ein gewöhnlicher Stab, der nichts mit ihm zu tun hatte; bei jedem Stoß widersetzten die Bälle sich seinem Können. Dennoch trauerte Ali Itır den dreihundert Mark, die er verlor, nicht nach. Ich habe ein paar Stunden nach Lust und Laune verbracht, sagte er sich. Das gaben auch seine Gegenspieler zu, sie meinten, er habe wohl einen schlechten Tag. Als Ali Itır den Billardsaal verließ, wippte er auf den Füßen und streckte sich, dann schaute er auf die Uhr: Es ging auf 23 Uhr zu. Einen Moment lang wußte er nicht, was er nun tun sollte. Dann blieb er vor dem neonbeleuchteten Schaufenster der Peep-Show nebenan stehen.

... öffnen Sie die Beine mit einem Sprung, beugen Sie sich mit gestreckten Knien nach vorn, beugen Sie sich, die Hände sollen den Boden berühren, gut, jetzt richten Sie sich wieder auf, wiederholen Sie dieselbe

Übung, die Knie nicht beugen...
Nach den Anweisungen einer Frauenstimme auf Kassette machte Ali Itır jeden Morgen gleich nach dem Aufstehen Gymnastik; es war ja Mode, gesund zu leben, außerdem hatte der Arzt ihm geraten, sich zu bewegen, weil er Anzeichen von Verkalkung zeigte. Aus diesem Grund wurde er schon seit einem Jahr dauernd krank geschrieben. Manchmal saß er stundenlang da und löste Kreuzworträtsel aus TV-Programmzeitschriften, nahm Bleistift und Papier zur Hand und beantwortete Fragen aus Intelligenztests, und wenn ihm das alles zu langweilig wurde, las er Spalten wie »Einsame Herzen« oder »Partnerwahl«.

Ich suche einen Gefährten, der mein Herz beflügelt / schlank / sportlich / gutaussehend / in gesellschaftlich angesehener Stellung / kultiviert / lebensfroh / reisefreudig / gutmütig / liebevoll / zärtlich / treu / wohlhabend / nicht älter als dreißig. Kennwort »Wo bist du?«
Über solche Anzeigen lachte er spöttisch: Du suchst keinen Gefährten, sondern eine Figur aus der Werbung. Dann streckte er der Anzeigenschreiberin die Zunge heraus.

Ali Itır stand im Neonlicht des Schaufensters, versunken in die Posen einiger Nacktfotos: Sie beugten sich nach vorn und streckten den Hintern heraus, hielten ihre Brüste in Händen, hatten die Hand am Mund, hoben das Bein und lehnten sich an eine Stuhllehne, machten ein leidenschaftliches Gesicht, aßen Bananen, streichelten Hasen und zwinkerten. Nachdem er dieselben Bilder mehrmals betrachtet hatte, dachte er: Manfred Kohlhaas ist jetzt sicher schon in der Kneipe gelandet. Er fühlte sich so gut, daß es ihm gar nicht auffiel, als er eine Straße bei Rot überquerte.

Etwas Seltsames widerfuhr ihm: Er war in sein Zimmer im Erdgeschoß eines Hinterhauses auf der Kaiser-Friedrich-Straße eingetreten. Das Zimmer war wie immer halbdunkel und roch feucht. Seine Hand tastete wie gewohnt nach dem Lichtschalter, aber er konnte ihn nicht finden. Da hörte er eine Stimme: »Bist du es, Ali?« Er erkannte sie sofort, es war die Stimme von Babu. Er antwortete benommen: »Ja, ich bin's.« Da wußte er plötzlich, daß er seine Vergangenheit herbeigerufen hatte; er dachte an die Mühle, den Garten mit dem Walnußbaum, die Pappelreihen. Was hatte Babu hier zu suchen? Er war vor Jahren gestorben; er war der Grundpfeiler der großen Familie gewesen. In Ali Itırs Kopf blieb die Zeit stehen, die beweglichen Bilder kamen zum Stillstand und verblaßten. Dann wurde ihm klar, daß er zwar Babus Stimme hörte, ihn aber nicht sehen konnte. Als hätte Babu diese metaphysische Situation durchschaut, rief er ihm zu: »Ich bin hier, ich bin hier.« Seine Stimme klang ganz nah, lebendig und echt, mal vom Bett herüber, mal unter dem Schrank hervor, mal aus der Fenstergegend. Ali Itır sprang jedesmal in die Richtung, aus der die Stimme kam, wie ein Gummiball, der auf einem Steinboden auf und ab hüpft. Nach längerer Zeit sah er endlich auch das Gesicht von Babu, aber er kannte dieses Gesicht nicht, und doch gehörte das unbekannte Gesicht Babu; sein Gesicht war da, aber er selbst nicht. Nun streckte ihm Babu sogar einen Zettel hin; er sah den Zettel in der Luft hängen. Auch diesen Zettel erkannte er sogleich. Es war der Zettel, den Manfred in der Kneipe aus der Tasche gezogen und ihm gezeigt hatte, er hatte mit Kugelschreiber ein Quadrat darauf gezeichnet und dieses in neun kleine Quadrate unterteilt. In jedem der kleinen Quadrate stand eine Zahl. Ali Itır lächelte zufrieden: Endlich eine Erscheinung, die ihm nicht fremd und unverständlich war. Während sich das Lächeln über sein Gesicht ausbreitete, hörte er Babu sagen: »Du kannst es nicht verstehen.« Ohne Ali Itırs Verwunderung weiter zu beachten, fuhr Babu fort: »Nimm das Papier und komm her zu mir, ich erklär dir sein Geheimnis.« Da passierte es, der Zettel flog durch die Luft, Ali Itır wollte ihn fangen, doch in dem Moment rutschte ihm der Boden unter den Füßen weg.

Es dauerte nur einen Augenblick. Als Ali Itır wieder zu sich kam, beugte sich ein Mann mit rotem Schal über ihn. Der Mann fragte ängstlich: »Wie fühlen Sie sich? Es fehlt Ihnen doch nichts?« Er reichte ihm die Hand, um ihm vom Boden aufzuhelfen.

Ali Itır murmelte matt: »Mir fehlt nichts.« In diesem Moment war es sinnlos, das Geschehene verstehen zu wollen; langsam richtete er sich auf. Sie musterten sich. Ali Itır betrachtete die Gesichtszüge des Mannes, aber sie blieben ohne Bedeutung für ihn. Er versuchte, die zeitlose Leere, in die er zuvor gestürzt war, mit allen bewußt wahrgenommenen Gegenständen seiner Umgebung anzufüllen: ein mitten auf der Fahrbahn abgestelltes, metallic lackiertes, fahrerloses Auto, ein abgebrochener Seitenspiegel am Boden, die Spiegelung einer roten Ampel auf dem Asphalt, jemand, der sie vom gegenüberliegenden Gehweg beobachtete, eine Marlboro-Packung, die zitternde Flamme eines Feuerzeugs...

Der Mann mit dem roten Schal zog nervös ein paar Mal an seiner Zigarette, dann tat er etwas, was in diesem Moment sehr komisch wirkte: Er schaute auf seine Uhr, ja er hielt sie sogar an sein Ohr, um zu prüfen, ob sie noch ging. Seine Angst war verflogen; ohne jeden Grund warf er Ali Itır einen angewiderten Blick zu. Dann schrie er plötzlich: »Du Idiot, hast du nicht die rote Ampel gesehen?«

Seine Wut war nicht zu überhören. Ali Itır überkam eine süße Schläfrigkeit, in der ihm alles wieder ganz normal erschien.

»Entschuldigung, mein Herr, gute Nacht!« sagte er und setzte seinen Weg zur anderen Straßenseite fort.

2

Aus der Tür der »Paris Bar« hinausgetreten, fand ich mich in der sternlos kalten Nacht, in einer völligen Einsamkeit wieder, die mir neue Empfindungen meiner selbst versprach. Gegenüber erstreckte sich ein Neonmeer in Rot und Grün bis zum Savignyplatz. Ich fühlte mich wie ein Entdecker, der in öder Wildnis allein in gespannter Erwartung unbekannter Gefahren vorwärts drängt. Niemand konnte mich aufhalten, ich tauchte furchtlos in die Nacht. Alles konnte passieren, alle möglichen, jede Phantasie übertreffenden Abenteuer erwarteten mich.

Da vorn, vor der »Kant-Klause«, konnte mir plötzlich Robert Wolfgang Schnell begegnen: Er würde sich vor mir aufbauen, so tun, als lege er sich die Worte zurecht, die er mir sagen wollte, würde ein wenig schwanken, dann die Suche nach den rechten Worten aufgeben und mir freundschaftlich den Arm über die Schulter legen. Komm, ich geb' dir einen Schnaps aus, würde er sagen, wir würden in die Kneipe gehen, vor der wir gerade standen, hintereinander weg je zwei Schnäpse trinken, er würde bezahlen, um sich gleich darauf zwanzig Mark von mir zu leihen, würde mit dem Geld hinausgehen, zu einer lang verflossenen Liebe oder, in Ermangelung einer Geliebten, zur Pension »Sophie« nebenan, am Savignyplatz 1, er würde sich mit einer der schemenhaften Frauen am Eingang einigen, mit ihr zusammen zum ersten Stock hinaufgehen und in dem schäbigen Pensionszimmer beim Anblick der auf dem Bett rauchenden Frau mit nackten Brüsten in seinem siebzigsten Frühling möglicherweise in wilde Phantasien verfallen, während ich in der Kneipe noch darüber nachdachte, welche Worte er mir wohl hatte sagen wollen.

»Die staubigen Gefilde / einer verschneiten Nacht zu beschreiben / sucht er nach unbekannten Worten«, verzieht das Gesicht mit ferner Trauer: »Wenn ich nicht da bin, bin ich dort / aber wo sind sie?« hört man ihn flüstern, in Wirklichkeit sitzt er wohl im »Zwiebelfisch« in der nordwestlichen Ecke vom Savignyplatz und bestellt bei Chris, der sich mit unfehlbarem Gedächtnis daran erinnert, wieviel Bier, Wodka, Mineralwasser oder Kaffee jeder einzelne gehabt hat, noch einen Schnaps, er weiß selbst nicht mehr den wievielten, als er zum Fenster hinausblickt, sieht er den ganzen Platz mit rotem Teppich ausgelegt und denkt, daß nur ein Diktator ohne Untertan kein schlechter Diktator wäre, und stellt sich selbst in dieser Rolle vor. Ein häufiger Spruch von ihm war: Ich hasse alle Blumen, alle Frauen und die Sonne.

Bei diesem Spruch grinsten alle Zuhörer immer bewundernd und zeigten, daß sie den verborgenen tieferen Sinn verstanden. Einmal behauptete der (von Annelie geschätzte) »Dichter« sogar, es handele sich um eine erotisch aufgeladene Metapher, und schreckte, um seine Behauptung zu beweisen, nicht vor einer stundenlangen Diskussion zurück. Da er dabei jedoch viel zu viel Bier trank, blieb ihr Ende wie immer in der Luft.

Wer weiß, wen (vielleicht sich selbst) oder was Robert Wolfgang Schnell in was für einem Zusammenhang damit verspotten wollte? Oder welchen Schmerz er zum Ausdruck brachte?! Da er nicht mehr am Leben ist, bleiben alle Erklärungen rein hypothetisch, es sei denn, er hat einige Hinweise in seinem Werk versteckt.

Während ich mit wiegendem Gang auf der Kantstraße in die Nacht hinein spazierte und die Neonlichter, das Gefühl der Öde, das diese Straße in mir weckte, die in dieser Öde auf mich einstürmenden Bilder und die in meinem Gedächtnis kurz aufleuchtenden bekannten Gesichter teils neugierig betrachtete, teils auslöschte, war ich erfüllt von heftigem Verlangen nach ganz neuen Abenteuern. Da bemerkte ich plötzlich: Irgendjemand schien mich zu verfolgen.

Ein Verb mit schauderhaften Assoziationen. Erst in diesem Moment begriff ich, daß dieses Verb eine Bedrohung unserer Existenz zu sein vermag, unbeschreibliche Angst hielt mich nun in ihren Klauen. Die plötzliche Beschränkung meiner Freiheit war mir ziemlich lästig.

3

Um sicher zu sein, daß ich tatsächlich verfolgt wurde, wandte ich einen Trick an, den fast jeder aus Polizeifilmen kennt: Ich setzte zunächst meinen Weg fort, als hätte ich nichts gemerkt. In dieser ersten Phase durfte bei dem anderen kein Verdacht aufkommen, sonst konnte er mir mit einem Gegenmanöver vortäuschen, daß er rein zufällig hinter mir herlief.

Ich ging weiter und beobachtete mit einem Auge den Bürgersteig gegenüber. Nach zwanzig bis dreißig Metern ergab sich die erwartete Gelegenheit. Es war kein Auto in Sicht, ich wandte mich abrupt nach rechts und flitzte auf die andere Straßenseite. Dort stellte ich mich an die Bushaltestelle und tat so, als wartete ich auf den Bus. Um noch überzeugender zu sein, las ich den Fahrplan an der Haltestelle und unterließ auch nicht, demonstrativ auf die Uhr zu sehen. Der Mann, von dem ich mich verfolgt fühlte, überquerte zwar auch wenig später die Straße, kam jedoch nicht näher, sondern blieb ein Stück weiter vor der Bank stehen und begann, die Börsennachrichten auf den beleuchteten Tafeln zu studieren. Ich hatte Glück, es kam ein Bus. Zielsicher steuerte ich die vordere Bustür an, stieg aber nicht ein, sondern ging rasch vorne um den Bus herum und überquerte die Straße noch einmal. Ich war ganz sicher, daß dieses Täuschungsmanöver erfolgreich war. Auf dem gegenüberliegenden Bürgersteig verlangsamte ich meine Schritte und war ganz Ohr, da ließ mich ein plötzliches Bremsgeräusch zusammenfahren. Als ich mich umblickte, sah ich, daß es kein Irrtum war. Ich sah jemand am Boden liegen, der Fahrer stieg aufgeregt aus und lief zu ihm hin, nach einer Weile erhob sich der Liegende schwankend. Auf den ersten Blick war klar, daß er einen Schock erlitten hatte. Doch das dauerte nicht lange, bald hatte er sich gefaßt und kam nun kaltblütig auf mich zu. Ich stand wie erstarrt vor dem Schaufenster der Antiquitätenhandlung Willy Müller. Nie hätte es für möglich gehalten, daß ich einmal eine solche Szene erleben würde. In meinem Kopf flatterten tausend Fragen auf, auf die ich keine Antwort fand. Besser gesagt, ich war gar nicht in der Lage, nach der Antwort zu suchen.

Aufgeregt, aber unentschlossen, stand ich vor dem Schaufenster voller Kitsch und Schnickschnack. Mein Geschick hatte mir eine Falle ohne Ausweg gestellt, und ich hatte mich in ihre Gefahrenzone begeben; mir blieb allenfalls noch eine Frist, eine intelligente Flucht zu planen, schwere Augenblicke, denn Zeit, über die verwirrenden Ereignisse nachzusinnen, mich in Sorge und Trauer zu verlieren oder auf glückliche Zufälle zu warten, blieb nicht. Mein Verfolger kam selbstsicher auf mich zu, immer näher. Ich stand erstarrt und erwartete ihn, es war nur eine Frage von Sekunden, daß die Falle zuschnappen würde. Eine Stimme in mir sagte: »Nein, er ist nicht hinter dir her«, doch sie war zu zaghaft und wirkungslos, um mich zu überzeugen. Es war nur ein schwacher Optimismus, der Wunsch, daß es so sein möge. Ein Selbstbetrug. Wenn ihr wollt, könnt ihr mich für verrückt halten, es war mir im Moment völlig egal. Ich verspürte Wut auf diese Stimme in mir, die ich jetzt mehr denn je brauchte und die so schwach war; meine Kaltblütigkeit hatte ich längst verloren, Panik überkam mich, ganz im Gegensatz zu ihm, meinem Verfolger, der entschlossenen Schrittes auf mich zu kam.

4

Es waren ganz gewöhnliche Phantasien, geradezu Serienproduktion. Nichts als dürre, leblose, durch Wiederholung verdorbene Klischees. (Nach dieser notwendigen Erklärung kehre ich nunmehr in die Phantasie zurück.) Im Schaufenster des Antiquitätengeschäfts stand eine Vitrine mit Bronzebeschlägen und Blätterranken aus Bronze über den Ecken, ein Plüschdiwan in Altrosa, ein Biedermeiertisch, darauf eine Uhr in imitiertem Empire, und zwischen Emaillekästchen, Vasen und Messingübertöpfen saß ein Leopard aus Porzellan, fast halb so groß wie ein Mensch. Seine Blicke und sein halb geöffneter Mund wirkten bedrohlich. Nicht, als wollte er angreifen, aber als lauerte er auf einen imaginären Feind. Sein Körper aber war träge, schläfrig und ruhig; er hatte sich der geheimen Kraft seines Dompteurs gebeugt und war körperlich nicht ganz bei sich. Vielleicht war es die Vorstellung eines blutrünstigen, aber unterwürfigen Wesens, die ihn in den Händen eines namenlosen Künstlers zu einer so kitschigen Porzellanfigur werden ließ. Wer ihn kaufte und zu Hause an einen ehrenvollen Platz setzte, würde sich, ohne es zu merken, in ihm eine Ikone aus dem Kitsch seines Lebens schaffen.

Es war reiner Zufall, daß mein Blick an dieser geschmacklosen Figur hängenblieb, während mein ganzer Körper ob der unerklärlichen Verfolgung von Panik erfaßt war, die Kopf und Herz lähmte, dennoch drängte sich in diesem Moment dieser zufällige Eindruck in den Vordergrund und wurde bedeutsam.

Und noch etwas fiel mir an dieser Porzellanfigur auf: die würdevolle Haltung. Ja, weder seine Unterwürfigkeit und Gefügigkeit, noch die Tatsache, daß er nur eine kitschige Figur aus Porzellan war, überschatteten die angeborene Würde des Leoparden.

Manchmal stellen wir uns jemanden vor, der nicht wirklich existiert, und geben ihm ein bestimmtes Gesicht, einen Blick, ein besonderes Leuchten in den Augen, ein Lachen, eine Sprechweise (nicht nur den Tonfall, sondern auch den Gebrauch von Wörtern unserer Wahl); in allen geheimen Einzelheiten stellen wir uns die charakteristischen Bewegungen dieser imaginierten Person vor, ihren Körper, ihre Hände und ihre intimen Bereiche; wir inszenieren diese Person im Leben, in einer Ausstattung, die unsere Phantasie vorgibt. Von nun an ist sie jemand, der für immer in unserer Vorstellung existiert. Dann begegnet uns eines Tages zufällig jemand, den wir gar nicht kennen, und wir sagen: »Das ist er, den kenne ich.« Aber der andere schaut uns nur verständnislos an und überlegt: »Woher wohl?« Genauso ging es mir im Moment.

Es geschieht etwas Unglaubliches: Der Leopard erwacht aus einem langen, tiefen Schlaf, blickt schlaftrunken um sich, richtet sich langsam auf, schiebt seine dicken Pfoten an die Tischkante, spannt den Rücken zum Bogen und streckt sich genüßlich, dann stellt er sich auf die Beine, zieht den Kopf ein, macht einen Buckel und streckt sich weiter, zittert und schüttelt sich, schnuppert in der Luft, als ahne er Gefahr, läßt die Barthaare spielen, hebt die Oberlippe, zeigt die Zähne und faucht einschüchternd... Der Porzellan-Leopard beugte sich nicht länger der geheimen Kraft seines Dompteurs; seine erstarrte, immergleiche Pose kam wieder in Bewegung.

Diese Phantasie konnte mich – auf Umwegen – retten. Der Leopard sah mich mit wild glitzernden Augen direkt an. Nein, er sah nicht mich an, seine Blicke durchbohrten mich und fixierten hinter mir im Hell-Dunkel der neondurchfluteten Nacht die unsichtbare Gefahr, meinen geheimnisvollen Verfolger.

Plötzlich spürte ich dessen Atem in meinem Genick. Mich überlief ein Schauer. Er war direkt hinter mir; hätte ich mich umgedreht, so wären wir wohl aufeinandergeprallt.

Wieder eine Phantasie: »Kann ich Ihren Ausweis sehen?« Was für eine durchdringende und befehlende Stimme, da ist Widerstand nicht möglich. Tief im Innern seiner Seele empfindet er jetzt vielleicht Mitleid mit mir, der ich in diesem Moment von unbeschreiblichen Ängsten geplagt und erniedrigt werde, doch dieses Gefühl wird ihn nicht daran hindern, seine Mission zu vollenden. Eine falsche Bewegung muß ich möglicherweise mit dem Leben bezahlen, die Waffe in seiner Manteltasche, deren Lauf auf mich gerichtet ist, stellt eine Bedrohung meiner Existenz dar, sie kann mein Leben sofort beenden. Mein Verfolger, mir weit überlegen, bannt mich auf der Stelle wie durch geheime Zaubermacht; mitten in meiner letzten Bewegung bleibt meine Hand in der Luft hängen, mein Gesichtsausdruck, mein Blick, das letzte Zucken im Mundwinkel, alles erstarrt. Ich will schreien: »Ich bin nicht der, den Sie suchen. Ich bin es nicht. Wie kommen Sie auf mich?« Nein, ich will es ihm mit gütiger, weicher, überzeugender Stimme sagen, aber ich tue es nicht. Ich weiß, daß ich meine letzte Chance verspiele, wenn ich darauf beharre, so zu denken und zu sprechen.

Ich drehte mich um und sah zurück, er war noch nicht da, mindestens zehn bis fünfzehn Meter lagen noch zwischen uns. Jetzt stand er im grellen Licht einer Straßenlaterne, bewegte die Schultern, schwang die Arme durch die Luft und streckte sich ausgiebig. Ich konnte diese Bewegungen nicht recht deuten.

Ich machte mich frei von allen Geboten, die mich an dieser Stelle gefangenhielten, und rannte los, so schnell ich konnte.

Ich rannte ziemlich lange und war völlig außer Atem, als ich am Savignyplatz ankam. Einen Moment überlegte ich, wo ich mich hinflüchten konnte, in der Tür der Pension »Sophie« stand wie ein Schatten eine Frau in langen Stiefeln, aufgeregt hielt ich Ausschau nach Robert Wolfgang Schnell, doch vergeblich, dann fiel mein Blick auf das Klohäuschen gegenüber, zwischen entblätterten Lindenbäumen und Parkbüschen verborgen. Eine Zuflucht in dieser verzwickten Lage. Als ich es betrat, stieg mir ätzender Uringestank in die Nase, zwei Männer, die mit dem Rücken zu mir ihr Geschäft verrichteten, drehten beim Geräusch der Tür den Kopf und sahen mich an. Sie wunderten sich, daß ich verwirrt herumstand, ohne an ein Becken heranzutreten. Einer von ihnen brummte: »Auch für dich ist genug Platz zum Pissen da, wenn du willst, rücken wir noch ein bißchen zusammen.« Der andere schüttelte bestätigend Kopf und Schwanz. Ich rechnete damit, daß jeden Moment die Tür aufgehen und mein Verfolger hereinkommen würde. Doch er kam nicht. Der 22-Uhr-59-Zug nach Basel raste über die Brücke, daß die Eisenträger zitterten.

Wahrscheinlich achtet das Porzellantier seinen Dompteur. / Es war falsch, an dieser Achtung zu zweifeln. / Ich bemitleide dich (mich), weil du versucht hast, Phantasie und Wirklichkeit zu trennen, dabei ergänzen sich beide doch gegenseitig... Solche unsinnigen Gedanken spukten mir im Kopf herum.

5

Es kann sein, ja, das alles ist wohl wahr. Ich habe ein Erlebnis gehabt, das mich von Anfang an in Hoffnungslosigkeit gestoßen hat. Jetzt mußte ich der Lage Herr werden. Ich verließ die Toilette. Zuerst sah ich niemanden. Auf dem Parkgelände und auf der Straße, die den Park teilte, war zu dieser nächtlichen Stunde kein Geräusch mehr zu hören.

Mich wollte gerade eine wirklich lächerliche Trauer überkommen, weil ich meinen Verfolger verloren zu haben glaubte, da fuhr der 94er Bus an der Haltestelle Savignyplatz los, mußte jedoch an der roten Ampel gleich wieder anhalten. Ein Mann kam in der Hoffnung, dort noch mitgenommen zu werden, angelaufen und machte dem Fahrer Zeichen, natürlich vergeblich; ich überquerte vor dem Bus und einem VW Passat, der gleichfalls an der Ampel wartete, die Straße. Der Park auf der anderen Seite des Platzes mit der Rasenfläche in der Mitte war, soweit ich es in der Dunkelheit sehen konnte, leer. In den Nebenstraßen tauchten hin und wieder vereinzelte Schatten auf. In der Annahme, daß einer von ihnen mein Verfolger sein könnte, lief ich rasch dorthin. Nein, er war es nicht. Mein Verfolger war auf geheimnisvolle Weise verschwunden. Eine Weile dachte ich, er könnte sich im Park zwischen den Büschen versteckt halten und meine Ratlosigkeit beobachten, und diese Vorstellung brachte mich vollends aus der Fassung. Es war nichts zu machen. Ich hatte ihn, meinen Verfolger, verloren, die Suche war vergeblich. Möglicherweise war es tatsächlich nur Zufall gewesen, daß er hinter mir herging, und er war einfach weitergegangen, oder aber das Ganze war eine Sinnestäuschung von mir.

Ich konnte die Nacht um diese Zeit da fortsetzen, wo ich sie unterbrochen hatte: in den Kneipen rund um den Savignyplatz, mit den alten Bekannten, die ich dort immer antraf, aber auch gleich wieder vergaß, sobald ich die Kneipe verließ, mit all den Menschen, deren Namen ich meist gar nicht kannte, bei Bier und Schnaps und im Gespräch über Gott und die Welt, über Politik und ganz persönliche Probleme, über Mode und Herzensangelegenheiten, mich hin und wieder selbst fragend, was ich eigentlich dort suchte...

Zu dieser nächtlichen Stunde wirkte der Platz ruhig und friedlich.

Jürgen B. hatte bis vor zehn Minuten, wie immer in den letzten Tagen, seit er sich von seiner Frau getrennt hatte und ihm in seinem Zimmer, besonders wenn er versuchte, sich aufs Schreiben zu konzentrieren, die Decke auf den Kopf fiel, im Restaurant »Cour Carrée« gesessen und hintereinander weg fünf halbe Biere getrunken, während er seinen Artikel mit dem Titel »Savignyplatz: Gesichter der Nacht« redigierte, den er der Zeitung vor Redaktionsschluß zu liefern versprochen hatte. Es waren weniger Fehler als einige manierierte stilistische Konstruktionen, die ihn ärgerten, so daß er kaum mehr lesen konnte, was er geschrieben hatte. Ohnehin begannen die Zeilen, langsam zu verschwimmen. Eine leichte Melancholie umfing ihn, ohne daß er sich dagegen wehren konnte. Was trat ihm nicht alles vor Augen... Alles, nur nicht sein Artikel: Damals, vor zwanzig Jahren, als er mit anderen von einem Teach-in an der Technischen Universität zurückkam, waren sie genau gegenüber von berittener Polizei angegriffen worden; er bewarf die Polizisten mit Pflastersteinen, die er in den Taschen seines Parkas trug, doch beim Davonlaufen verstauchte er sich den Fuß und fiel hin... Ein zartes Mädchen mit wimpernlosen Augen reichte ihm die Hand und half ihm auf die Beine, und er war traurig, als er sie in dem wilden Durcheinander auf der Flucht

Richtung Bleibtreustraße wieder aus den Augen verlor... Von da an hatte er auf jeder Demonstration den unbestimmten Impuls, sie zu suchen... An dieser Stelle verschoben sich seine Gedanken; es kam ihm in den Sinn, daß George Grosz vor seinem Tod ein Stockwerk über dem »Cour Carré«, gewohnt hatte. Als Jürgen B. seinen roten Mohairschal umband und das Lokal verließ, begann er, im Kopf zu dichten: »Immer um diese Zeit laufe ich auf diesen Platz / lasse die Einsamkeit zurück und laufe zu jemandem.« Darauf drehte er mit dem Auto eine halbe Runde um den Platz und bog in die Kantstraße ein, wo er das Gedicht folgendermaßen fortsetzte: »Auf die Zeitspule / wickle ich mich / und die Ruinen / diese Fäulnis / in ihren einsamen Höhlen weben die Eulen / Brautkleider / für die Huren der Nacht / mit blutigen Klauen...«

Dann erinnerte er sich, daß diese Zeilen ihm nicht erst in diesem Moment in den Sinn gekommen waren, sondern daß er in beschnittener Dichtersehnsucht auch seinen Artikel mit ihnen beendet hatte. Jetzt ärgerte er sich darüber und schämte sich des Mangels an eigener Begabung. Sein ganzes Leben hatte er stur hinter einer fixen Idee hergejagt und war doch nur ein mittelmäßiger Reporter geworden. Was auch geschah, bevor er den Artikel in der Zeitung ablieferte, wollte er diese Zeilen unbedingt löschen.

Kurze Zeit vorher war ein Mann aus dem Klohäuschen getreten, hatte die Beine gespreizt und sich mitten auf dem Bürgersteig entleert, um dann, nachdem er sich aufgerichtet hatte, den Arm auszustrecken und wie ein Befehlshaber mit dem Zeigefinger auf ein Ziel zu deuten. »Meine Geliebte hat seidige Haare, aber nachts im Traum habe ich diese Haare ständig im Mund, was soll ich tun, es ekelt mich, mir wird übel«, erklärte er mit schiefem Gesicht und möglichst ernstem Tonfall. Nach ein paar unentschlossenen Schritten machte er auf dem Absatz kehrt und ging wieder in die öffentliche Toilette zurück.

Von einem der Lindenbäume fiel ein trockenes Blatt zu Boden. Eine Blechdose wurde mit dem Fuß gestoßen und schepperte traurig. Von fern her mischte sich das Quietschen von Bremsen mit dem Geräusch.

6

Ich nahm meinen Weg über den Platz nach Nordosten in Richtung Grolmannstraße. Dort wollte ich im »Florian« vorbeischauen.

(In einer Studie des Bezirksbauamts aus dem Jahr 1982 mit dem Titel »Entwicklungsplanung Bereich westlicher Savignyplatz Blockkonzepte« heißt es: *Die Bausubstanz des Blocks Nr. 203, begrenzt von Grolmannstraße, Knesebeckstraße und Goethestraße, besteht fast ausschließlich aus Gründerzeitbauten, lediglich zum Savignyplatz hin ist der Block mit städtebaulich unbefriedigenden Nachkriegsbauten besetzt. Besonders an der Südkante des Dreiecks ist das Stadtbild zum Savignyplatz gestört. Der Ausstattungsstandard der Wohnungen ist gut. Der Block ist insgesamt von 898 Personen bewohnt, davon 13% Kinder, 11% Alte und 13% Ausländer. Unter den Ausländern sind 18 Türken. Die planungspolitische Zielvorstellung für die bauliche Umwandlung ist der Erhalt der gemischten Struktur von Wohn- und Dienstleistungseinrichtungen sowie der Ansätze zu einem Vergnügungsviertel mit Studentenkneipen, Restaurants, Galerien, Boutiquen.*)

Am Himmel bewegten sich Wolken rastlos von Ost nach West. Beim Durchqueren des Parks erschreckte mich ein Rascheln. Ehe ich mich versah, trat ein kleiner Mann, mit seiner Hose beschäftigt, aus den Büschen hinter der Pergola hervor. Das war er: mein Verfolger. Ich erkannte ihn sofort an dem beigefarbenen Trenchcoat. Hinter eine der beiden Skulpturen gekauert, die sich am Parkausgang gegenüberstehen, Kind mit Ziege, begann ich, meinen Verfolger zu beobachten. Ahnungslos, daß er beobachtet wurde, knöpfte er sich unmittelbar vor mir die Hose zu, zog den Gürtel fest und schwang dann wieder den Arm durch die Luft. Gelassenen Schrittes verließ er den Park und ging in Richtung Grolmannstraße. Ich verspürte einen grenzenlosen Drang, ihm zu folgen.

Vor dem »Zwiebelfisch« blieb er stehen, ich glaubte schon, er würde hineingehen, aber ich hatte mich geirrt, er ging weiter, die Hände in den Taschen, ohne Hast. Er begann sogar zu pfeifen. Kurz darauf sah ich mit Staunen (er war inzwischen an der Wotan-Apotheke, an der Galerie Nil, an der Nr. 51 mit dem Schild des Internisten Dr. med. J. Wiederholt und an der indischen »Ashoka«-Snackbar vorüber), daß er ins »Florian« ging, wohin auch ich wollte.

7

Als Jürgen B. in dieser Nacht in die Redaktion ging, versuchte er zu vergessen, was er kurz zuvor erlebt hatte, aber die Art, wie er sich eine Zigarette nach der anderen ansteckte, ließ erkennen, daß ihm das nicht recht gelang.

Der Mann, den er angefahren hatte, sagte, »Gute Nacht« mit einem Gesichtsausdruck, den er nicht vergessen konnte. Ruhig und spöttisch. »Gute Nacht, mein Herr! Gute Nacht, mein Herr!« Er hatte sich umgedreht und war weitergegangen, als wäre nichts geschehen. Die Stimme lag Jürgen B. wie ein dumpfes Raunen in den Ohren. Inzwischen kamen ihm Gesicht und Stimme des Mannes gar nicht mehr fremd vor. Vielleicht hatte er sich daran gewöhnt. Es machte ihn nervös, Auto zu fahren, mit den Gedanken bei diesem Vorfall, bei diesem Gesicht und dieser Stimme. Er stöhnte.

Was soll's, es war schließlich ein Fremder! dachte er und meinte damit eine (wie auch immer geartete) Erklärung gefunden zu haben.

Das Unrechte seines Verhaltens vermochte er einfach nicht zuzugeben, sein Stolz erlaubte es nicht. Er wollte sich unbedingt rechtfertigen, seine Gedanken kreisten um nichts anderes. Unentwegt suchte er nach einer Antwort, und er war es müde. Da sah er an einer Ecke an der nackten Brandmauer eines Gebäudes ein riesengroßes beleuchtetes Plakat, das ihn zum Lächeln brachte. Auf dem Plakat waren nebeneinander ein dunkler, südländischer Mann und eine blonde Frau abgebildet. In neckischer Pose, glücklich und unbeschwert. Sie waren sich nicht fremd, sondern aufrichtig nah. Sie erweckten den Eindruck, als seien sie schon immer gemeinsam auf diesem Foto gewesen. Unter dem Bild war zu lesen: ›Come together‹; es handelte sich um eine großangelegte Werbekampagne für eine Zigarettenmarke, die in der letzten Zeit überall ins Auge stach. Ohne es zu merken, fuhr er langsamer; das Auto hinter ihm hupte heftig, setzte zum Überholen an und schoß wie ein Pfeil an ihm vorbei.

Eigentlich bezahlen wir für unser freies Ich damit, daß wir einander täglich ähnlicher werden, dachte Jürgen B. in diesem Augenblick.

Wie ein Telegraphist an der Morsetaste fuhr er fort: *multikultur = mode + musik + mulatten = multiprinzip + multistandard = multimodell = multinorm. Hurra, ich bin genormt!* Wir alle sind freiwillige Claqueure unserer universellen Monokultur. Unterschiedliche Größen der gleichen Konfektion. Unsichtbare Sprüche an einer unsichtbaren Wand. Designer einer anonymen Reklame. Kuckucksuhren der einen, einzigen Gegenwart. Wächter des einen, einzigen Glücks. Was sind wir noch? Multiglückliche Produkte der Multikonzerne / Multipolitik / Multitechnologie. Herzlichen Dank.

Jürgen B. wußte, daß all das keine originellen Einfälle waren. Wer weiß, wie viele Kollegen, Texter, Filmproduzenten, Schriftsteller (ach, gerade die, diese Alchimisten der Wörter) mit großartiger Schaffenskraft immerzu die gleichen Klischees reproduzierten. Und wer weiß, wie viele der Leser, Zuhörer und Zuschauer dieser Produkte die ganze Welt auf die gleiche Art wahrnahmen: mit dem gleichen Lachen, der gleichen Trauer, von den gleichen Katastrophen gebeutelt, kleingemacht, erniedrigt, entehrt, mit der gleichen Mimik und Gestik, die gleichen Worte im Munde...

Er nickte wie zur Bestätigung dieser Gedanken und zündete sich vor Ratlosigkeit noch eine Zigarette an. Dann verfiel er wieder in die gleiche Hoffnungslosigkeit wie zuvor im »Cour Carrée«, beim Korrigieren seines Artikels.

Dabei ahnte er natürlich noch nichts von der unglücklichsten Begebenheit seines gesamten Berufslebens, die ihm noch in dieser Nacht widerfahren würde.

Als er durch den Haupteingang des Zeitungsgebäudes die große marmorne Empfangshalle betrat, stand die Uhr über der Information auf 23:10. Ohne auf den Fahrstuhl zu warten, rannte er die Treppe hinauf zum zweiten Stock. Schweißgebadet langte er im Zimmer der Sekretärin an und befreite sich von seinem roten Schal.

Jutta saß kerzengerade vor dem Computer und arbeitete. Als die Tür geöffnet wurde, wandte sie den Kopf und sah Jürgen B. direkt an. Sie lächelte: »Hallo, wie geht es dir?«

Jürgen B. erwiderte grob: »Gräßlich... Wie sonst? Ist eine wichtige Nachricht für mich gekommen?«

In diesem Moment wurde Jutta klar, daß sie keinen Mut hatte, es ihm zu sagen; sie wollte keine schlechte Stimmung provozieren, es gab ohnehin noch viel zu tun in dieser Nacht, im Osten entwickelten sich die Dinge unfaßbar schnell. Wenn man es ihm jetzt sagte, würde er durch seine schlechte Laune die ganze Schicht versauen, zudem konnte er überaus verletzend sein, wenn er beleidigt war, seine angespannte Stimmung würde auf alle anderen übergreifen, ja, Jutta kannte ihn gut, sie mußte mit seiner Empfindlichkeit rechnen. Am besten, sie brachte es ihm nach und nach bei, ohne ihn zu verletzen. Mein Gott, alle die Sätze, die sie sich zurechtgelegt hatte, waren weg. Jürgen B. steckte sich eine Zigarette an, zeigte mit dem Kopf auf das Zimmer des verantwortlichen Redakteurs und fragte: »Ist er da?«

»Er ist heute ständig unterwegs... Gerade ist er nach unten in die Setzerei gegangen wegen einer wichtigen Änderung...«, antwortete Jutta. Sie blickten sich an, als sei etwas sehr Seltsames geschehen.

Jürgen B. trat zum Tisch und betrachtete Jutta genau. Staunend, als habe er eine Entdeckung gemacht, fragte er mit sanfter, schwacher Stimme: »Ist das neu?« Dann machte er mit der Hand eine lobende Geste und sagte: »Toll sieht das aus, es steht dir sehr gut...«

Jutta fuhr sich geübt durch die kurzgeschnittenen, lila gesträhnten Haare und zerrte dann an ihrer schmalen goldenen Halskette. Der Blick wurde verträumt, ein spöttisches Lächeln lag auf ihren Lippen.

Dieser Blick, diese unbedachte Geste, die etwas längst Vergessenes wieder ins Gedächtnis zurückrief, dieses Lächeln wie ein dünner Strich... Eine 125stel Sekunde... Klick. *Nikon F2, 90 mm. Klick, klick...*

Jutta streicht sich die Haare aus dem Gesicht und schiebt mit den Haaren auch ihren leicht zur Seite geneigten Kopf nach hinten.

»Entschuldigung, kann ich ein Foto von Ihnen machen?«

Die Frau mit dem Kopftuch sieht sie erstaunt an und winkt mit der Hand ab: »Nix deutsch, nix Foto.«

Das war vor Jahren gewesen, damals hatte Jürgen B. noch nicht so viele weiße Haare wie heute; es war die erste große Arbeit für beide: Sie sollten eine Reportageserie über die Türken in Kreuzberg machen. Es war ihre erste Begegnung mit Türken, ihr erster Schritt in diese bislang für sie unbekannte Welt. »Gib deine Kamera her«, hatte Jürgen B. gesagt und wie ein frecher Junge nach der Nikon auf dem Tisch gegriffen, ohne ihre Antwort abzuwarten. »Ich werde dich statt der Frau fotografieren, als Erinnerung an unser erstes Pech«, sagte er, und sie lachten beide. In einem Gartenlokal am Landwehrkanal bestellten sie zwei Milchkaffee. Tagelang spazierten sie durch diese Gegend, durch diese Straßen, aber die Türken in Kreuzberg blieben ihnen verschlossen. Sie waren da und zugleich nicht da. Dann das Treffen mit Ali Itır (Jürgen B. versucht jetzt, sich an dessen Namen zu erinnern; die Jahre sind unerbittlich, die Bilder verblaßt, die Gesichter unkenntlich, aber diese Stimme ist ihm noch in den Ohren. »Ich hab's, er hieß Ali«, ruft er. Um den Familiennamen kümmert er sich nicht weiter, den würde er sowieso nicht zusammenkriegen, aber was macht das schon? Der kleine, unscheinbare Türke hieß Ali, genügt das nicht? Er will nicht länger in einer verlorenen Welt spazieren gehen, er braucht diese Wirklichkeit nicht mehr; eine freundliche Stimme aus jener Zeit: »Gut, daß ihr hierher gekommen seid, es freut mich, dich kennenzulernen, mir scheint, ihr zeigt uns einen rettenden Ausweg, vielleicht ist es eine Chance, die uns die Geschichte gibt, ja, die letzte Chance für den europäischen Egoismus...« Was nützen diese Geständnisse? Gefühle und Realitäten verändern sich ohnehin. »Ja, er hieß Ali, jetzt erinnere ich mich wieder genau!« Jürgen B. schaudert es von Kopf bis Fuß. Er ist erregt. Außerdem sehr müde. Es muß an den Bieren liegen!), sie hatten ihn durch einen seltsamen Zufall kennengelernt und sich mit ihm angefreundet... In jenem türkischen Lokal, in der Nacht, als die Polizeirazzia war... Kreuzberg war eine geheime Schatzkammer, und sie hatten sie endlich erobert. Das vielfältige Material, das sie dort fanden, hatten sie später noch in vielen Drehbüchern verwendet (Exotismus der Kreativität: Von der Ästhetik des Elends zum Elend der Ästhetik), er wußte selbst nicht mehr, wieviele es gewesen waren. Doch Jürgens Herzenswunsch war es, einen Roman zu schreiben, später würde er ganz bestimmt einen schreiben: Diese immer wieder aufgeschobene Zeit aber trat nie ein.

Jürgen B. erinnerte sich bruchstückhaft an jene Tage. Vielmehr erinnert er sich an Jutta. All die gemeinsam verbrachten Jahren hatte er jetzt auf ein einziges Bild reduziert: Sie streicht sich die Haare aus dem Gesicht, schiebt mit den Haaren auch ihren leicht zur Seite geneigten Kopf nach hinten und lächelt. Es war zwar das einzige Bild, aber nicht unveränderlich, es eröffnete ständig neue Bedeutungen. Jutta: lächelnd, daß es einem den Stolz brach. Jutta: lächelnd, erschöpft nach dem Liebesspiel, lustvoll. Jutta: lächelnd, vor dem Spiegel damit beschäftigt, sich eine dünne Goldkette, sein Geburtstagsgeschenk, um den Hals zu legen. Jutta: lächelnd, spöttisch, schmerzvoll, schimpfend und fluchend mit blitzenden Augen. Sie streicht sich die Haare aus dem Gesicht, ihre Lippen beben; Jutta: wieder lächelnd, »ich halt es nicht mehr aus«, sagt sie, »laß uns die Sache beenden, bitte stör mich nicht mehr«, sagt sie und lächelt, in seinem Gedächtnis immer dieses Lächeln. Er wünscht sich, wieder mit ihr zusammen zu sein. Seine Melancholie wächst. (Und das Bild verschwindet in diesem Moment.) Seine Gedanken sind wie ein Traum, der beim Erwachen endet. Ja, der Traum ist schon lange zu Ende.

»Ich laufe schon seit einer Woche mit diesen Haaren herum«, seufzte Jutta vorwurfsvoll, »aber du merkst es erst jetzt.« Dann tat sie beleidigt, machte eine halbe Drehung mit ihrem Stuhl und wandte Jürgen den Rücken zu:
»Jutta!«
Jürgen B. näherte sich ihr leise von hinten, streckte die Hand aus, um ihre Haare zu berühren, wagte es aber nicht.
»Was ist?«
Diese unfreundliche Frage verblüffte ihn. (Was hatte er schon für eine Reaktion erwartet? Vielleicht, daß sie sich umdrehte und ihn warm anlächelte.) Seit sie sich getrennt hatten, liebte er sie oft im Traum und empfand dabei erotische Lüste, die er bis dahin nicht gekannt hatte. Sie liebten sich an den unglaublichsten Orten, in Positionen, die sie nie zusammen ausprobiert hatten. Die Wirkung der lustvollen Träume hielt noch nach dem Erwachen an und versetzte ihn in Verzückung. Sobald er jedoch wieder ganz zu Bewußtsein kam, stellte sich Ernüchterung ein, und er meinte, daß sein Traum eigentlich nichts als ein verdorbenes, billiges Klischee war, hielt diesen Gedanken aber gleichzeitig für Verrat an sich selbst.
Einmal sitzen sie zusammen im Flugzeug, sie gehen beide zusammen auf die Toilette, Jutta zieht sich schnell den Rock aus, springt ihm auf den Schoß und schlingt die Beine fest um seinen Körper; als wären sie

von der Schwerkraft befreit, spürt Jürgen B. ihr Gewicht nicht, nein, sie sind nicht im Flugzeug, sie liegen unter einem Baum, die früchtebehangenen Äste hängen schwer auf sie nieder, die Berührung der warmen Haut jagt Stürme von Lust durch seinen Körper. Plötzlich (nein, sie sind doch im Flugzeug) leuchtet das Signal »Nehmen Sie Ihren Platz ein« auf, aber sie kümmern sich nicht darum, bald darauf gerät das Flugzeug in Turbulenzen, die Kabine bebt heftig, dann beginnt ein Fall mit furchtbaren Erschütterungen, die Luftlöcher nehmen kein Ende, sie verharren in einer leidenschaftlichen Umarmung... (Die Haare hängen Jutta wirr ins Gesicht, sie streicht sie mit der Hand zurück. Immer diese Bewegung. Immer dieses Lächeln auf ihren Lippen.)

»Weißt du, was ich denke?«

Jürgen B.s Stimme klang müde und erschöpft.

»Bitte, fang nicht wieder an. Wir waren uns doch einig. Tu bloß nicht so, als hättest du das vergessen!«

Die Entschlossenheit, mit der Jutta ihn wie ein Kind zurechtwies, beunruhigte Jürgen B. noch mehr. Er spürte, daß er sich in einem unaufhaltsamen Fall befand. So sehr er sich dagegen wehrte, die Beschleunigung nahm zu. Alles war völlig außer Kontrolle geraten.

»Weißt du noch, wie wir uns neulich in der Sauna getroffen haben?« unternahm er einen hoffnungslosen Versuch. »Wir schämten uns beide unserer Nacktheit. Stell dir vor, nach so vielen gemeinsamen Jahren, ist das nicht seltsam?«

Bei dieser Begegnung (sie war etwa zwei Wochen her: Er hatte Vorsätze für ein geordnetes, gesundes Leben gefaßt, denen er jedoch nicht lange treu bleiben würde) hatte Jutta leise aufgeschrien und war wider Willen errötet. Jürgen B. war erstarrt. Ihre Blicke wichen einander aus. Was die Situation schwierig machte, war der andere nackte Mann an Juttas Seite, eigentlich schämten sich beide der Nacktheit dieses Mannes. Denn in diesem Augenblick war das Tabu aufgehoben, auf dem sich ihre jahrelange Gemeinschaft gegründet hatte, und die Heuchelei, die sie sich nicht einmal sich selbst gegenüber eingestanden hatten, trat in aller Blöße zu Tage.

Deshalb schämten sie sich. Jutta war die erste, die sich wieder faßte; sie stellte ihm flüchtig ihren Freund mit den Worten vor: »Jürgen, mein Kollege, wir arbeiten bei derselben Zeitung«, und sagte dann »Leb wohl«, nahm ihren Freund bei der Hand und ging mit ihm zum Schwimmbecken auf der Terrasse.

»Jürgen, ich bitte dich...«

»Du hast recht. Ich bin heute müde und durcheinander«, einen Moment dachte er daran zu erzählen, was er unterwegs erlebt hatte, »ich wollte nur meinen Artikel abliefern...«

Jürgen B. begriff, daß er sich leidenschaftlich nach ihr sehnte, sie aber nie wieder besitzen würde. Warum war immer er es, der sich bloßstellte?

Eine Antwort auf diese Frage würde er auch weiterhin nicht geben können.

8

Was Jutta befürchtet hatte, trat ein: Es blieb ihr keine Zeit mehr, Jürgen vorzubereiten. Der verantwortliche Redakteur kam mit einem von Papieren überquellenden Ordner herein und platzte gleich damit heraus: »Daß du es weißt, Jürgen, wir können deinen Artikel heute nicht bringen.« Dann wollte er sofort in seinem Zimmer verschwinden.

Eine Welle von Wut erfaßte Jürgen B.: »Und warum gerade meinen Artikel nicht?«

Der Redakteur blieb stehen, drehte sich um, als erinnere er sich gerade an etwas, und zog aus dem Ordner unter seinem Arm eine Matrize hervor.

»Schau«, sagte er, »das ist die Anzeige, der dein Artikel zum Opfer gefallen ist. Wenn du dich ärgern willst, ärgere dich darüber. Noch dazu eine ganze Seite, und gerade heute haben wir überhaupt keinen freien Platz.«

Jürgen B. entzifferte mit geübten Augen die Spiegelschrift auf der Matrize, *rehtegot emoc*.

Der verantwortliche Redakteur deutete mit dem Zeigefinger auf ihn und verlieh seiner Stimme einen väterlichen Ton: »Mein Freund, die Nachrichten ergeben keine Story mehr, sie sind alle eindeutig. *Der selbstgefällige Honecker hat die Zeichen der Zeit nicht begriffen und ist gestürzt worden / Seit der Öffnung der ungarischen Grenze fliehen täglich 350 Personen in die Bundesrepublik Deutschland, die Zahl der Flüchtlinge beträgt bereits 50 000 / Egon Krenz, der an Honeckers Stelle tritt, sagt ja zu Freiheit / Der Vorsitzende der Berliner SED Schabowski sagt, die SED könnte die ersten freien Wahlen verlieren / Modrow, der »Hauptmann von Köpenick« aus den Reihen der SED, wird zum Regierungsvorsitzenden gewählt...* Das alles sind Signale. Doch wofür?«

Wie immer beantwortete er seine Frage selbst: »Das weiß ich auch noch nicht. Eine neue Zeit beginnt, vielleicht das 21. Jahrhundert... Was ich weiß, ist, daß wir heute keinen Platz mehr haben für eine handvoll Bohèmiens aus der Vergangenheit, die auf der kleinen Insel Savignyplatz vor sich hin leben.«

Plötzlich wurde er ernst und nahm einen befehlenden Ton an: »Geh jetzt und mach die Lokalnachrichten fertig, es darf nicht mehr werden als zwei Spalten.« Mit der Hand bedeutete er ihm, sich unverzüglich an die Arbeit zu machen.

Als Jürgen B. auf einem Stuhl zusammensackte,

merkte er, daß sein Mund völlig trocken war. Ich werde durch Schreiben keine Vollkommenheit erlangen, dachte er.

Er war nicht einmal mehr imstande, traurig zu sein. Er steckte sich eine Zigarette an und öffnete den Ordner mit den Lokalnachrichten.

9

Als ich meinen Verfolger ins »Florian« eintreten sah, wurde ich unruhig. Ich überlegte, ob ich lieber woanders hingehen sollte, ich fürchtete, daß ich sonst vielleicht in eine seltsame Situation geraten könnte.

Hinter mir ertönten Stimmen und lautes Lachen. Es war eine fünf- bis sechsköpfige Gruppe, Frauen und Männer; an ihrem Dialekt konnte man erkennen, daß sie aus Süddeutschland kamen. Einer von ihnen trat auf mich zu und fragte: »Ist das hier ›Florian‹?« »Ja, das ist es«, sagte ich und zeigte auf die Schrift über der Tür, aber er war noch nicht zufrieden. »Da, wo Wim Wenders immer hingeht?« forschte er. »Ich führe keine Besucherliste«, sagte ich kurzangebunden. So wie sie gekommen waren, lärmend und lachend über Witze, die mir nichts sagten, drängten sie hinein.

Länger konnte ich nicht an der Tür stehenbleiben, ich mußte hinein, schließlich konnte ich mir von einem zufälligen Ereignis nicht die ganze Nacht verderben lassen. Die seltsame Begegnung, die ich gleich haben würde, war in diesem Moment noch eine Möglichkeit mit unbekanntem Ausgang; ich entschied mich also plötzlich und fand mich an der Bar wieder. Ich bestellte bei Thomas am Tresen einen schwarzen Kaffee und einen Calvados. Gerti, die Inhaberin des »Florian«, kam lachend auf mich zu (ihre Stammkunden begrüßt sie immer persönlich): »Wo hast du gesteckt? Du hast dich lange nicht sehen lassen, wir dachten schon, du lebst nicht mehr.« Ich wußte keine rechte Antwort und fragte sie, ob sie etwas mit mir trinken wolle. Sie hob ihr leeres Glas hoch: »Du weißt ja, ich trinke immer Osborn mit Cola.«

Ich bestellte ihr das Gewünschte. Gerti wies mit dem Kopf zum anderen Ende der Bar: »Deine Freunde sind dort.« Ich schaute hinüber: Der Bildhauer Kuddel und Manfred Kohlhaas standen, ins Gespräch vertieft, am Bareck, um sie herum ein Knäuel von Menschen. Manfred Kohlhaas merkte, daß ich ihnen zusah, und prostete mir mit dem Bierglas zu: »Hey, du großer Türke, komm doch herüber.« Ich hatte keine andere Wahl. Ich versuchte, mir einen Weg durch das Menschenknäuel zu bahnen. Mit leichten Arm- und Schulterstößen kämpfte ich mich durch die schwatzenden Gruppen, die sich nicht von der Stelle rührten und ein unaufhörliches Dröhnen (wohl die passendste Vokabel für den Geräuschpegel an Orten dieser Art) erzeugten, und gelangte schließlich ans andere Ende.

Es war so, wie ich befürchtet hatte: Er war dort, bei Manfred Kohlhaas. Ich erkannte ihn an dem beigefarbenen Trenchcoat. Wegen seiner geringen Körpergröße hatte ich ihn vorher nicht gesehen.

Während Manfred Kohlhaas ihn mir vorstellte: »Schau, ein Landsmann von dir, Ali Itır«, zupfte er sich genüßlich am Bart, es blieb ihm verborgen, in welcher ungeheuerlichen Situation ich mich befand.

Mir klappte vor Staunen die Kinnlade herunter. Das war mir überhaupt nicht in den Sinn gekommen. Verwirrt musterte ich Ali Itır, der mir gegenüberstand. Aus kaum merklichen Regungen seines Gesichts, einem Aufflackern der Augen, versuchte ich, Hinweise auf seine Gedanken abzulesen. Er kümmerte sich überhaupt nicht um mich. Ja, natürlich, der äußere Eindruck entsprach auf den ersten Blick den Erzählungen von Dr. Anders, sah man etwas genauer hin – war er haargenau der Typ, der in »Bitte nix Polizei« beschrieben war. Die Wirklichkeit stimmte auf erstaunliche Weise mit der Beschreibung überein. Da wußte ich, es war nicht irgendein Türke, den ich gerade kennengelernt hatte, es war die Person, die mich seit langer Zeit begleitete, jene Person aus Gerüchten, Ali Itır, dessen Identität zwar nicht bekannt war, den ich mir aber in all den Jahren nach den Gerüchten, die mir zu Ohren kamen, und den Abenteuern, von denen ich las, in der Phantasie zu vervollständigen gesucht hatte. Es war ein Schock, ihm durch einen seltsamen Zufall plötzlich so unerwartet gegenüberzustehen. Da stand er: steckte sich eine Zigarette an, trank sein Bier in gemessenen Schlucken, zuckte unmerklich mit der Schulter, hob den Arm, ballte und öffnete die Hand, um zu prüfen, ob die Finger eingeschlafen waren.

Manfred Kohlhaas trank den Rest seines Bieres in einem Zug aus, wischte sich den Schaum vom Schnurrbart, dann blieb sein Blick an Ali Itır hängen: »Auf dem Weg hierher hat so ein Schwein ihn mit dem Auto angefahren, fast wären seine Schulterblätter gebrochen.« Doch er schien gleich wieder vergessen zu haben, was er gesagt hatte, beugte sich mit dem ganzen Körper zur Bar hinüber und bestellte mit seiner lauten Stimme, die das Dröhnen aller Gespräche übertönte, noch ein Bier. Er erklärte: »Ali ist ein alter Freund von mir. Wir haben seinerzeit in Kreuzberg im selben Haus, mit Blick auf denselben dunklen Hinterhof gewohnt... Jetzt hatte er große Sorgen: So, wie ich diesen Holzköpfen klarzumachen versuche, daß man ein Recht darauf hat, sich schuldig zu machen, versucht er zu beweisen, daß er nicht ›Er‹ ist... Ein ziemlich kompliziertes Problem. Ich wollte ihm helfen und habe ihm einen Arzt empfohlen, den ich kenne, Dr. Anders bemüht sich um ihn... Nicht wahr, Ali?«

Ali Itır winkte mit der Hand ab: »Alles egal.« Diese Worte verblüfften mich total. Ich fühlte mich schwach und überflüssig, wie wenn man einem unerbittlichen Verhör beiwohnt, in die wichtigen Geständnisse aber nicht eingreifen kann.

Manfred Kohlhaas stand im Gedränge an der Bar wie ein Schamane aus alter Zeit im Gespräch mit Geistern, er trank sein Bier, trocknete sich den Schnurrbart, rülpste und ging zu unerwarteten Themen über. Immer war er es, der sprach: vom Leben, vom Recht, unrecht zu haben, von vergessenen Gesprächen, von den Namen unglaublicher Dinge, von den Aimores Bergen, von den Preisen im Supermarkt heute: frisches Schweinekotelett für 8,88, bulgarische Tomaten für 2,99, polnische Tomaten dagegen für 1,99; von einem letzten Bild, das sich in einem betrunkenen Moment im Kopf festsetzte (es ist der 17. August, Donnerstag, etwa 3 Uhr 20 am Morgen... Der Vorschlag kommt von einem der Betrunkenen in der Kneipe: »Los, laßt uns zusammen hinausgehen, es wird gleich eine Mondfinsternis geben.« Einer spottet: »Siehst du die Mondfinsternis über dem Savignyplatz?« Ein anderer verpaßt dem, der den Vorschlag gemacht hat, einen kräftigen Fausthieb ins Gesicht und sagt: »Siehst du, jetzt verfinstert sich für dich der Mond.« Der Mann schlägt mit dem Kopf auf den Tisch, als er wieder aufblickt, sieht man seine zersprungenen Brillengläser, doch es scheint ihn nicht zu kümmern. Vorwurfsvoll klagt er: »Es ist gar nicht schön, die Welt durch ein Spinnennetz zu betrachten«, und versucht, das Blut zu stillen, das ihm aus der Nase rinnt...); von Oskar Huth, der es fertig brachte, zu später Stunde in zwei Kneipen gleichzeitig zu sein; davon, daß er sein Leben lang alles gesammelt hat, was ihm zwischen die Finger kommt, und daß er sich mit dem um sich Gesammelten gegen seine Todesangst wappnet.

»Da war doch diese Gisela, eine leichtfertige Person mit hennagefärbten Haaren, sie arbeitete bei KEPA und ernährte ihren Malerfreund, erinnerst du dich?« fragte er plötzlich. Ali Itır blinzelte und nickte.

»Natürlich, ich erinnere mich«, sagte er, »um den Hals trug sie immer ein Tuch aus indischer Seide.«

Manfred Kohlhaas wandte sich zu mir, um auch mir einen Teil seiner Erzählung zukommen zu lassen: »Der Junge tat eigentlich nichts, seine Malerei war auch nicht ernstgemeint, wo immer eine Demonstration war, erschien er mit einer roten Fahne in der Hand. Einmal hatte er wegen sozialistischer Propaganda in einer Eckkneipe von den trinkenden Arbeitern eine Tracht Prügel bezogen, tagelang lief er mit verbundenem Kopf herum. Doch dann begann er, es zu übertreiben. Ein paar Mal holte ihn die Polizei mitten in der Nacht von zu Hause ab. Wenn man nach den Gerüchten damals geht, dann hatte er in einem Winkel seiner Wohnung eine Waffenwerkstatt eingerichtet und betrieb eine Serienproduktion von Molotowcocktails...«

Er schien diese Erklärungen für ausreichend zu halten und wandte sich wieder an Ali Itır: »Seit einiger Zeit ist diese Gisela wieder aufgetaucht, auch hier hängt sie manchmal herum. Sie wollte heute nacht kommen...«

Während sie redeten, versank ich in Gedanken: Ich hatte Ali Itır, indem ich ihn in der Phantasie existieren ließ, an meinem Geheimnis beteiligt; jetzt zog er mich in ein tiefes Loch.

Dann kam ich auf das Vorkommnis von vorhin zurück: Ali Itır war also hierher gekommen, um mich zu treffen, dachte ich.

Manfred Kohlhaas nahm das Bier, das Thomas ihm hinhielt, und neckte Kuddel, der still an der Bar saß und Tequila trank: »Was grübelst du, sind dir in New York deine Eier abgefroren?« Er lachte laut. »Nicht auf eine bessere Welt, sondern auf ein besseres Leben für mich... Prost, Freunde«, rief er und hob sein Glas.

10

»Manchmal überfällt zwei Menschen, die sich überhaupt nicht kennen, ein unerträgliches sexuelles Verlangen nacheinander. Der Reiz kommt plötzlich, völlig unerwartet: durch einen Blick, ein Wort, eine unschuldige Berührung der Haut (etwa wenn man in einem überfüllten Bus gezwungenermaßen den Hintern einer Frau berührt), in einer Bar, auf dem Heimweg, beim Gemüsehändler, bei einem Händedruck auf einem Empfang... Eigentlich ist es nichts anderes als unsere Erwartung, die unbekannte Person würde die sexuellen Phantasien in unserem Kopf teilen. Mein Gott, was für eine blödsinnige Hoffnung! Was für ein Irrtum!«

Manfred Kohlhaas schwieg. Nach einer langen Pause erklang sein lautes Lachen von neuem, und er fuhr fort: »Können wir es nicht einfach egoistische Neugier nennen? Genauer vielleicht Neugier darauf, ob die sexuellen Phantasien einer unbekannten Person sich von den unsrigen unterscheiden. Denn das paßt besser dazu, daß wir vereinzelt und ein Ich sind. Sind wir dann mit der Person vereint, die wir für unwiderstehlich halten und die uns erregt, endet es meist mit Enttäuschung...«

Die um ihn Herumstehenden hörten ihm zu, nahmen ihn aber nicht ernst. Hin und wieder machte der eine oder andere eine spitze, spöttische Bemerkung, doch Manfred Kohlhaas kümmerte sich nicht weiter um sie. Seine Worte, eine Mischung aus Besserwisserei, Ironie und Hoffnungslosigkeit, hatten sich längst in einen Monolog verwandelt. Ich nehme an, daß er mit seiner feinen, provozierenden Intelligenz die Lage nach Lust und Laune ausnutzte. Es war eine Art Vergnügen für ihn.

»Daher rate ich allen von euch, verschwendet eure sexuellen Phantasien nicht für nichts. Zieht die höchstmögliche Befriedigung daraus: Gehet hin und holt euch einen runter. Das ist das beste für euch.«

Manfred Kohlhaas war jetzt in Stimmung. Nach diesem letzten Satz lauschten ihm auch die aufmerksam, die ihn nicht ernstnahmen. Er schien das seit langem zu erwarten. Er nahm zwei große Schlucke von seinem Bier. Wie ein Boxer wollte er den Gegner noch etwas ermüden und peinigen, bevor er ihm den letzten Schlag versetzte; selbstbewußt strich er sich über den Bart, legte dem kleinen, stillen Ali Itır neben sich den Arm über die Schulter und zeigte mit dieser Geste, daß er ihn von dem Pack an der Bar unterschied. Anscheinend war er zu der Überzeugung gelangt, daß das Timing noch nicht stimmte, um das Wort wieder zu ergreifen, und nahm noch einen Schluck Bier. Er war ganz ruhig, als habe er nicht gerade eben noch in seiner Rede Anwürfe gegen alle losgelassen. Seine Augen mit den vor Müdigkeit gelben Augäpfeln und dem Ausdruck tiefsitzenden Spotts wanderten hin und her, gingen über die vom Alkohol lang gewordenen Gesichter hinweg und blieben an den Flaschen hinter der Bar hängen, als sähe er sie zum ersten Mal.

Nach einer langen Pause fing er von neuem an: »Die Sexualität läuft uns immer davon, wir hinterher, aber wir können sie einfach nicht fassen. Es ist auch gar nicht möglich, daß wir sie einholen, denn wir wissen nicht, hinter was wir herlaufen.« Als er das gesagt hatte, grinste er zufrieden. Er blickte um sich, das Grinsen war auf seinen Lippen festgefroren. »Früher suchte man das Ideal des Schönen im Glauben«, fuhr er fort, »dann begann man, dieses Ideal in der Kunst zu suchen. Auch in der Suche von damals verbarg sich Sexualität. Aber der Mensch wußte, hinter was er her war. Das Schöne wurde also vom Künstler oder von den Göttern bestimmt. Heute wird es von der Waschmittel- oder Coca-Cola-Werbung festgelegt, von Forschungsinstituten, Statistiken und den Medien. Wir wissen, weil sie es uns sagen. Wir wissen, denn sie behaupten es so. Die Experten wissen alles, und wenn wir wissen, was sie wissen, halten wir uns für wissend...«

Seine Rhetorik zeitigte Wirkung, er hatte allen Versammelten Unsicherheit eingeimpft. Als er das von Thomas gereichte Bierglas ergriff, sprach er: »Freunde!« In seiner Stimme lag wieder die Sicherheit und Überzeugungskraft eines Wegweisers, der geheimnisvolle Kräfte besitzt. »Freunde, laßt uns trinken auf den Abschied von der Gegenwart und den Eintritt des zukünftigen Neuen!« So beendete er seine Rede.

Die Menschenansammlung im »Florian« klatschte Applaus. In Rufe wie: »Recht hast du, laßt uns trinken!« und »Bravo!« mischten sich immer lautere Getränkebestellungen, wobei einer den anderen zu übertönen suchte.

Manfred Kohlhaas hatte mit der Wortkunst, die er so gern pflegte, ein paar Signale gesetzt, auch wenn deren logischen Zusammenhang keiner so recht verstand. Sein eigentliches Ziel waren solche Signale. Als er seine großartige Schimpftirade auf die Gegenwart beendet hatte, blickte ich Ali Itır an: Er schien gar nicht anwesend zu sein, mit leeren Augen blickte er um sich, der Schmerz in der Schulter schien vergessen. Der Arm seines Beschützers lag immer noch um seine Schultern, Kohlhaas hatte ihn unter seine Obhut genommen. War es wirklich Ali Itır, der mir gegenüberstand, oder eine Erfindung von Manfred Kohlhaas?

11

Ich hatte Ali Itır die ganze Zeit über beobachtet: seine Bewegungen, seine Haltung, in der ich geheime Zeichen seiner bisherigen Erlebnisse sehen wollte, seine Art, zu rauchen oder »Alles egal« zu sagen, sein unvermitteltes Zwinkern und vor allem sein Schweigen. Er paßte auf alle Beschreibungen, die ich von ihm kannte. Hier, in der mir vertrauten Welt, traf ich auf Ali Itır und sein Schweigen. Eben dieses Schweigen schien der Vorbote eines Wendepunktes zu sein, der ständig näherrückte und von dem es für mich keine Rückkehr geben würde; ich ahnte, daß ich sehr bald schon unter Erschütterungen aus einem sehr langen Traum erwachen und die jetzige Welt, in der ich mit ihm zusammen war, zusammenstürzen und unwiederbringlich verloren sein würde, denn unser Zusammentreffen hatte, auch wenn er zu allen mir bekannten Beschreibungen paßte, trotz allem etwas Befremdliches.

Um diese Befremdung zu überwinden, hätte ich Ali Itır gern dazu gebracht, mit mir zu sprechen. Unentwegt sollte er sprechen und mir bestätigen, was ich über ihn wußte. Ich hätte ihn gern an die Zeitungsmeldung erinnert: »Unbekannter tot im Landwehrkanal«. Ich hätte ihn gern gefragt, ob das Foto des Toten neben der Meldung, bei dem man an den halb geschlossenen Augenlidern sieht, daß es im Leichenschauhaus aufgenommen und retuschiert wurde, von ihm ist. Ich hätte gern von ihm gehört, was er im Sprechzimmer von Dr. Anders erzählt hat, auch wie die Zahlen aus dem magischen Quadrat ihm im Traum angst machen, wie sie ihn peinigen, den ganzen Alptraum sollte er erzählen. Ich wäre gern noch weiter zurückgegangen: Von seinem Beischlaf mit Brigitte in jenem »nach Zwiebeln und feuchter Wäsche riechenden« Zimmer sollte er mir erzählen, von Bücürs Kneipe in Kreuzberg in der Skalitzerstraße, von den Asbach-Colas und davon, daß er wie verrückt arbeitete, an jedem Arbeitsplatz und ohne Rücksicht auf Leib und Leben, im »Dienst« für das eigene Säckel und um in Deutschland eine »Persönlichkeit« zu werden. Ich wollte hören, wie er vor Angst, verfolgt zu werden, vor jedem Polizisten auf der Straße, ja schon vor dem Schriftzug »Polizei« die Flucht ergriff.

Er aber dachte gar nicht daran, nahm kleine Schlucke aus dem Bierglas in seiner Hand, blickte um sich, neben ihm genoß Manfred Kohlhaas das an diesem Abend wiedergewonnene Charisma, erzählte und lachte pausenlos, der Regisseur Rateuke bestellte ihm Tequila, den sie in einem Zug herunterkippten, um dann das Gesicht zu verziehen, ein tamilischer Rosenverkäufer kam herein, der mir im Vorübergehen auf die Füße trat, auf meine bösen Blicke jedoch ein Mitleid heischendes Gesicht machte und mir den riesigen Rosenstrauß unter die Nase hielt, ich winkte ab und wandte den Kopf, sah Ali Itır in die Augen, er wirkte gelangweilt: Ich hätte ihm gern von der Lynchszene erzählt, die ich vor Jahren miterlebt hatte, als ich aus der Oranienstraße in die Mariannenstraße eingebogen war und über den Platz an der roten Backsteinkirche mit den zwei Türmen vorbei zur Mauer gelangte, und davon, wie ich später merkte, daß es sich um Dreharbeiten für eine Filmszene handelte. Ich hätte ihm gern erklärt, daß der Ali Itır, der in jenem Film nach dem Lynchen in den Landwehrkanal geworfen wurde, eigentlich nur ein Schauspieler war, der Ali Itır spielte.

Genau in diesem Moment (wer weiß, was für schicksalhafte Begebenheiten es auf der Welt noch alles gibt) trat diese Karikatur eines Schauspielers mit den hochhackigen Lackschuhen, offensichtlich gefärbtem, schütterem Haar und dem Douglas-Fairbanks-Schnurrbart zu uns. An seiner Seite zwei Frauen, gut gebaut wie Fotomodels.

»Wir sitzen dort drüben«, sagte er und zeigte auf einen Tisch, dann wandte er sich ungeniert an Ali Itır: »Ich habe gehört, Sie sind der echte Ali Itır, glauben Sie mir, ich bin ganz aufgeregt, ich mußte Sie unbedingt kennenlernen, denn ich habe seinerzeit die Rolle des Ali Itır gespielt.« Stolz darauf, sich selbst in den Vordergrund zu rücken, sagte er zu seinen Begleiterinnen: »Ich hatte euch davon erzählt, es war die Rolle meines Lebens, es ist schon lange her, vielleicht schon über fünfzehn Jahre.« Die Frauen musterten Ali Itır wie ein Wesen von einem anderen Planeten.

Das hatte noch gefehlt. Es wurmte mich, daß er sich plötzlich zwischen Ali Itır und mich gedrängt hatte, aber ich hatte nicht den Mut, etwas zu sagen.

Ali Itır sah den Schauspieler an, der den Ali Itır gespielt hatte, lächelte (mit süßer Schläfrigkeit, alles ist ja so normal für ihn) und sagte: »Aber ich bin nicht er.«

Er reichte mir die Hand und verabschiedete sich: »Ich möchte die letzte U-Bahn nicht verpassen. Lebwohl.« Zum ersten Mal bemerkte ich die Erschöpfung in seiner Stimme, eine eigenartige Traurigkeit erfüllte mich. Wir drückten uns die Hände. All meinen Bitten zum Trotz bestand er darauf, die zwei kleinen Biere, die er getrunken hatte, selbst zu bezahlen. Ich blickt ihm hinterher.

12

Ich war in Gedanken versunken. Als Manfred Kohlhaas mich anstieß, kam ich zu mir und erkannte sofort die Frau neben ihm: Das mußte die leichtfertige Gisela mit den hennagefärbten Haaren sein, die ihren Malerfreund aushielt.

Eines Abends hatte es gegen die Tür getrommelt. Der Maler lag rücklings und nackt auf den Matratzen am Boden und las, den linken Arm hinterm Kopf, ein Asterix-Heft. Gisela stand währenddessen vor dem großen, an die Wand gelehnten Spiegel und wischte sich die Wimperntusche ab. Auch sie war nackt. Gleich würden sie das Licht ausmachen und ins Bett gehen. Giselas Blick streifte über das Spiegelbild ihres nackten Körpers. Sie war erregt, als wäre sie einem dunklen Wald entronnen und stünde nun auf einer endlos weiten, hellen Ebene, wo sie zum ersten Mal ihren eigenen Körper gewahrte. Sie hatte etwas Anziehendes an ihm entdeckt: die versteckte Erotik ihrer fast platten Brüste, die in den Brustwarzen von der Größe getrockneter Pflaumen lag. Bei genauerer Betrachtung fand sie ihre Brüste gar nicht mehr so irritierend wie bisher.

Als sie in die Küche ging, um sich die Zähne zu putzen, war das heftige Trommeln an der Tür unerträglich geworden. Sie rief nach ihrem Freund und fragte ärgerlich, warum er denn nicht aufmache. Der Maler ließ sich nicht stören und las in Ruhe weiter, erst als er die Seite beendet hatte, stand er mit einem kräftigen Fluch auf. Als er öffnete, drängten fünf oder sechs Polizisten ins Zimmer. Draußen vor der Tür alarmierten die Einsatzwagen mit ihrem nachtblauen Leuchten alle Nachbarn. Fast alle hingen an den Fenstern.

Die Polizisten sagten dem jungen Mann, er solle sich rasch etwas überziehen. Der zog sich gelassen die Unterhose an, die er neben das Bett geschmissen hatte. Seine Gelassenheit ging den Polizisten auf die Nerven, sie gaben ihm keine Gelegenheit mehr, sich vollständig anzukleiden, sondern verlangten, daß er sofort eine Jacke überziehen und mitkommen solle. Der Maler widersprach nicht, nur beim Hinausgehen mußten sie ihm den Arm zu fest nach hinten gedreht haben, so daß man ihn aufschreien hörte: »Scheißkerle, ihr tut mir weh.« Währenddessen stellten zwei Polizisten die ganze Wohnung auf den Kopf, begnügten sich bei Gisela jedoch mit einem Blick auf ihren Personalausweis.

Erst später, als ihr Malerfreund weg und das Blaulicht unten verschwunden war, als wieder Grabesstille über der Straße lag, begriff Gisela den Ernst der Lage. Sie schimpfte und fluchte, dabei schleuderte sie wütend ein Glas gegen die Wand. Sie rauchte eine nach der anderen. Sie konnte die ganze Nacht nicht schlafen.

»Wo warst du so lange?« brachte ich über die Lippen. »Seit du ›Tschüß‹ auf den Spiegel über dem Waschbecken geschrieben hast und gegangen bist, hast du dich nie mehr sehen lassen.«

Die Jahre hatten tiefe Spuren in ihrem Gesicht hinterlassen. Ihre Haare waren noch immer hennarot, am Ansatz aber ziemlich schütter, sie glich einem gerupften Huhn. Während sie mir gegenüberstand, schienen die Poren ihres Gesichts mit jeder Sekunde größer zu werden, die Haut war knittrig und hing herab, sie alterte. Dennoch ließ ihre einstige sexuelle Anziehungskraft mich in meiner aufgereizten Phantasie nicht los; ohne auch nur im geringsten zu bedenken, daß sie nicht mehr »sie« wäre, hatte ich Lust, sie zu umarmen und ihren Kopf an meine Brust zu ziehen. Sie dagegen zeigte sich in diesem Moment völlig gefühllos. Sie kümmerte sich überhaupt nicht um mich. Sie blickte mich an, doch ihre Augen sahen mich nicht.

In den Händen hielt sie eine halbverwelkte Orchidee, die würde sie mir schenken, sagte sie, wenn ich ihr einen doppelten Wodka bestellte. Doch dann entschied sie sich anders: »Ich gehe, meine Orchidee kann bleiben.«

Sie legte die Blume auf die Bar, ging dann aber doch nicht.

»Thomas«, rief sie, »gib mir ein Glas Wasser für die Orchidee, damit sie sich wieder belebt.«

Sie sprach, als sei sie nicht ganz bei Bewußtsein, als rede sie im Schlaf. Schließlich begann sie, schluchzend zu weinen.

Ein Mann stürzte aufgeregt herein. Verwirrt schaute er um sich und auf die Leute an der Bar.

»Hilfe! Hilfe! Sie machen meinen Mercedes kaputt. Wo ist das Telefon? Ich will die Polizei rufen«, schrie er.

Manfred Kohlhaas fragte den Mann höhnisch: »Hast du fünfzig Pfennig?«

Der Mann nahm sich zusammen. »Hab ich«, sagte er, holte seinen Geldbeutel hervor und wühlte mit dem Finger in den Münzen: »Doch nicht.« Er hob den Kopf, Hoffnungslosigkeit stand ihm im Gesicht. »Ich hab nur eine Mark«, murmelte er.

Manfred Kohlhaas griff nach der Mark: »Gib her, ich wechsle sie dir.« Alle lachten.

Unerwartet fiel mir Gisela um den Hals und küßte mich, dann sagte sie kläglich: »Ich gehe zurück in mein Labyrinth. Er ist sowieso nicht hier, ich habe ihn wieder nicht gefunden.«

»Wen?« fragte ich.

»Den besten Mann, mit dem ich je im Bett war. Er ist nicht hier«, antwortete sie.

Sie steuerte schon auf die Tür zu.

»Seinen Namen weiß ich nicht, aber ich glaube, eines Tages werde ich ihn finden, denn es gibt ihn.« Mit diesen Worten ging sie hinaus.

Ja, ich bin sicher, diese Geschichte mit dem Maler von Gisela gehört zu haben; ich mag zwar ziemlich betrunken gewesen sein, aber ich bringe doch noch lange nicht alles durcheinander.

13

Während Jürgen B. mit den Lokalnachrichten beschäftigt war, dachte er daran, daß er seit Jahr und Tag voll innerer Unruhe darauf wartete, daß jemand die Frage nach seinen Qualitäten stellen würde, daß aber niemand diese Frage je stellte, er selbst inbegriffen, denn auch er hatte es nie gewagt. Für seine Mißerfolge hatte er die schönsten Ausreden gefunden und sein Glück immer bei den abwegigsten Möglichkeiten versucht. Es war nicht seine Sache, einen Irrtum einzugestehen, deshalb war er auch zu stolz zum Aufgeben.

Als er die ausgewählten Meldungen vor dem Schreiben noch einmal durchsah, bemerkte er zum ersten Mal mit Staunen, daß in gewissem Sinn auch sie sich wiederholten: *Belästigung einer jungen Frau / Brand im Dachstuhl (Brandstiftung möglich!) / Eine 86jährige Frau tot in ihrer Wohnung aufgefunden / Zunahme der Verkehrsunfälle...*

Jürgen B. hatte plötzlich das Gefühl, in einer Wüste zu stehen: Die Zeit stand still, endlos und unveränderlich. In der Ferne zog langsam eine Karawane vorbei und verlor sich zwischen den weichen Sandhügeln am Horizont, um dann ganz in der Nähe wieder aufzutauchen. Dann erblickte er auch noch eine Fata Morgana: Mitten im Sand tauchte eine Stadt mit kristallenen Türmen auf. Sie war so transparent, daß man die Karawane auf ihrem Weg zwischen den Häusern, Bäumen und Türmen mühelos beobachten konnte. Dann kam die Karawane am anderen Ende der Traumstadt heraus und setzte ihren Weg zwischen Sandhügeln fort. Als er genau hinsah, sah er jedoch, daß die Karawane sich eigentlich immer am selben Ort befand und sich nur die Wüste und die Kristallstadt fortbewegten.

Jürgen B. bemühte sich vergeblich, dieses Bild mit seiner Wirklichkeit in Einklang zu bringen. Dann fand er all diese Gedanken unsinnig und beschloß, Jutta so bald wie möglich zu vergessen und neu anzufangen. Für einen Neuanfang brauchte er ein neues Wort. Denn am Anfang ist immer das Wort. Er sah auf die Uhr. Es wurde Zeit, die Meldungen fertig zu machen. Eilig ging er in den Telexraum. Nein, es war nichts Verwertbares mehr hereingekommen: Vor etwa einer Stunde hatte im Landwehrkanal ein Türke namens Ali Itır Selbstmord begangen. Den Berichten der Augenzeugen zufolge hatte der Mann erst lange am Kanalufer gestanden, um dann unvermittelt hineinzuspringen. Nicht der Selbstmord, sondern der Name des Mannes beschäftigten ihn einen Moment lang. Er zögerte noch, ob er die Meldung bringen sollte, dann schrieb er als Überschrift: *Selbstmord im Landwehrkanal*.

Ein neues Wort... Ja, er mußte es unbedingt finden.

14

»Oh, du bist auch hier!«

»Hier bin ich, aber ich weiß nicht, wo ich bin!«

»Red keinen Unsinn«, sagte Michael Kohlhaas, »erkennst du etwa den ›Zwiebelfisch‹ nicht?« Es war, als könnte ich alles, die Zeit und die Welt, nur durch seine Worte wahrnehmen. Als stünde ich unter der Vormundschaft seiner Worte. »Jetzt erkenne ich's, aber warum sieht mich dieser Mann so an?«

Ja, der Mann sah mich tatsächlich an. Er suchte, meinem Blick zu begegnen, wer weiß, welchen Unsinn er mir erzählen wollte, nicht hinsehen, ich drehte den Kopf zur Seite, konnte es aber nicht verhindern, daß sich unsere Blicke begegneten. Hinter mir hörte ich eine Stimme und blickte mich um: Gisela knöpfte sich die Bluse auf und zeigte sinnlich lächelnd ihre Brüste; plötzlich stand jemand direkt vor mir, den ich nicht kannte, der übel riechende Atem des Mannes streifte über mein Gesicht, er war überzeugt, in mir den richtigen gefunden zu haben, und vertraute mir sein Geheimnis an: »Ruft meine Geliebte, sie soll sich mit mir versöhnen, sonst springe ich hinunter, hört ihr denn nicht, wie ich schreie?« flüstert er mir ins Ohr.

»Wer springt herunter?« fragte ich, er packte mich am Arm und zog mich zu sich, dann zerrte er mich zur Tür und deutete auf einen Strommast auf dem Platz: »Da! Sitzt oben auf dem Strommast und droht uns allen.« Besorgt blickte er mich an. Ich betrachtete den Strommast aufmerksam, sah aber niemanden. Ich muß ihm irgend etwas sagen, dachte ich, fand aber keine passenden Worte.

»Ich denke immer über Kreuz«, setzte Manfred Kohlhaas an, »über Kreuz denken heißt, nicht zur Herde zu gehören. Auf einer Demonstration schaue ich mir die Teilnehmer an: alle in Gefühlseinheit, ihr Geist ist dahingeschmolzen; wenn einer die Hand hebt, heben alle die Hand; wenn einer schreit, schreien alle; wenn einer etwas sagt, sagen es alle zusammen; wenn einer Angst hat, haben alle Angst... Wenn ich so eine Menschenmenge sehe, gehe ich nicht mit ihr mit, wenn ich überhaupt gehe, dann in umgekehrter Richtung. Das ist für mich eine Frage der Moral.«

Während Manfred Kohlhaas das sagte, schien er mich, meine Gefühle, Gedanken, mein ganzes Bewußtsein zu beherrschen. Was er sagte, war vollkommen identisch mit meinen Gedanken, nur daß ich nicht so wie er die passenden Worte dafür finden konnte. Trotz aller Bemühungen vermochte ich keine rechte Verbindung herzustellen zwischen all den Leuten, die ich namentlich kannte oder nicht namentlich kannte, und mir selbst, zwischen dem, was gesagt wurde, und dem, was ich sagte.

Auf einmal steht ein Mann auf dem Tisch und schreit: »Ihr gemeinen Kerle!«

»Ich warne dich, steck du deine Nase da nicht rein!« sagt sein Begleiter.

Er zerrt den Mann an der Jacke.

»Was sollte schon passieren?«

»Ich mach dich fertig!«

Das Gesicht des Mannes ist voll Blut. Ein bedauernswerter Anblick, der unbändige Trauer erweckt. Warum hat sein Freund ihn geschlagen? Keiner weiß es. Keiner fragt danach.

In meinem Kopf herrscht plötzlich große Leere. Stockdunkel.

Manfred Kohlhaas flüstert mir zu: »Schau, wie normal das alles ist, aber keiner merkt es.« Er bückt sich, hebt einen roten Schal vom Boden auf und hält ihn mir hin: »Gehört der dir?«

15

Für einen Moment verstummten tatsächlich alle Stimmen in der Kneipe, und eine merkwürdige Stille breitete sich aus.

Alle hoben die Köpfe und blickten nach oben. Zwei dicke Engel, die überhaupt keine Ähnlichkeit mit Heiligenbildern hatten, schwebten Hand in Hand durch die Wolken aus Zigarettenrauch. In den Händen hielten sie lange, dünne goldene Halme, die sie der Reihe nach in alle Gläser an der Bar tauchten, um jeweils einen Schluck von jedem Bier zu nehmen.

Oskar Huth schaute blinzelnd auf dieses seltsame Paar und bekreuzigte sich: »Für den Fall der Nüchternheit.« Sein Busenfreund Paul begnügte sich mit einem wissenden Nicken. Hartmut, der hinter dem Tresen Bier zapfte, rief mit seiner verrauchten Stimme: »Die sind wirklich echt!« Ehrerbietig nahm er seinen schwarzen Filzhut ab und hängte ihn über einen der Zapfhähne, stand kerzengerade, faltete die Hände wie bei einer Beerdigung und betrachtete die fliegenden Engel.

Auf dem Savignyplatz war eine Veränderung im Gange: Der ganze Platz war mit roten Teppichen ausgelegt, als bereite er sich auf einen unbekannten Festakt vor. Langsam überquerte ich den festlich hergerichteten Platz.

Als ich nach Hause kam, war es schon längst Tag, aber für mich begann jetzt die Nacht. Die Zeitung und die Briefe aus dem Briefkasten warf ich ungelesen auf den Tisch, zog die Vorhänge zu und legte mich ins Bett.

Berlin, Schillerstraße
29.10.1990 – 3.7.1991

In meiner Erzählung habe ich versucht, ein subjektives Bild der Welt zu zeichnen, in der ich lebe. In dieser Welt gibt es nicht nur Räume, Dinge, Menschen sowie Bewegungen, Handlungen und Gedanken der Menschen, sondern auch die Zeit. Und vor allem »meine Wörter«.

Die Geschichten, die in diesem Buch erzählt werden, sind frei erfunden, reale Personen und Orte sind nicht mehr als Symbole der Zeit (mögen die Genannten mir dies verzeihen). Mit den hier berichteten Begebenheiten jedenfalls haben sie nichts zu tun.

A.Ö.

1. Auflage September 1995
Copyright © 1995 by ELEFANTEN PRESS Verlag GmbH,
Berlin
Copyright für die Originalausgabe by AFA-Verlag, Istan-
bul, 1993
Alle deutschen Rechte vorbehalten
Umschlag Holtfreter, Blank & Reschke
Gestaltung Gabrielle Pfaff
Gesetzt aus Caslon
MSP Berlin
Druck und Bindung Offizin Andersen Nexö, Leipzig
Printed in Germany
ISBN 3-88520-565-3